112日間のママ

清水 健
Ken Shimizu

小学館

はじめに

これは、奈緒と息子と僕の生きている証です

この本の表紙のカバーに使っている写真は、2014年の年末に竹富島《たけとみじま》（沖縄）に旅行した時のものだ。
抗がん剤の副作用に苦しめられていた奈緒《なお》。諦めていた予定だったが、「奇跡的」にその時だけ体調が戻り、親子3人で行くことができた。最初で最後の親子3人での旅行……。

竹富島に着いた奈緒は、太陽と、海に映る太陽の光の反射で、「目が開けられない」とずっと言っていた。自然の光に当たるのは何か月ぶりだろうか。ずっと病室の照明、家の照明だけ、それぐらい入院生活、闘病生活は続いていた。でも、眩《まぶ》しそうにするその顔は確かに輝いている。

僕はカメラのシャッターをきる。旅行ができた喜びとともに必死だった。もちろんこれが最後ではないと信じたかった。でも、残さないといけない、「今の奈緒」を、「ママになった奈緒」を、と思っていたんだと思う。「ママは、こんなにお前を可愛がっていたんだ、こんなに優しかったんだよ」と。
優しい表情で、愛おしく、わが子を抱く奈緒。今になって思う。写真に閉じ込められた幸せな「瞬間」、この瞬間を息子に将来、見せてやることができる、本当によかったと……。

正直、体力は相当落ちていて、歩けているのが不思議なぐらいだった。なのに、奈緒は、自分の足で立って息子をだっこしている。体もやせて、顔も抗がん剤の影響でむくんでしまってはいる。それでも、どれだけ探しても、しんどい表情とか、いやな表情で写っている写真が1枚もない。本当に1枚もないのだ。

この強さが奈緒なのだ、この優しさが奈緒なのだ。

奈緒はこの写真から、ひと月と少したって、僕らの前からいなくなってしまう。
ママでいられたのは、112日。
だが「温もり」は忘れない、忘れるはずなんてない。

でも、あの時、奈緒は海を見ながら何を思っていたのだろうか……。

奈緒の闘いを……。

この本を書くことに迷いがなかったと言えば嘘になります。

奈緒との「時間」、愛するわが子との「3人の時間」は、かけがえのない、また言葉ではなかなか表現することができない、僕たちだけの大切なものだから……。

しかし、恥ずかしい限りだが、自分がこういう状況になって初めて、今この時にも、病《やまい》と、いや病だけではない、様々な厳しい困難と向き合い必死に闘っている方々がたくさんいらっしゃることを知りました。

僕に何ができるのか。それは正直なところわかりません。

時間が経てば経つほど悲しみは深くなり、悔しさは増してきます。

だから泣くことも振り返ることも立ち止まることもあります。

でも、こんな清水健でも何かの架け橋になれるのであれば……。

あれから1年……。

2015年12月25日、『かんさい情報ネットｔｅｎ．（通称ｔｅｎ．）』年末最後の放送を終えた日、僕はひとり、昨年と同じように、みんなには見せられない涙を流しました。「激動」でも、「変化」でも、「頑張った」でもない……。でも昨年とは「意味が違う涙」であってほしいと自らに言い聞かせ、涙をふき、みんなの前に戻る。今までの人生、弱いくせに、とことん強がって生きてきた。なのに、こんなにも涙が……。妻が「我慢しなくていいよ」と言ってくれている気がします。でも、「みんなに心配かけちゃいけないよ」とも。

本当に多くの方々にご心配をおかけし、温かいお言葉やお気持ちをちょうだいしました。本当にたくさん、こんな僕に……。どれだけ「感謝」しても足りません。そんな僕が、妻・奈緒との闘いを記すことによって、たとえひとりでもいい、「前を向こう」と思ってくれる方がいらっしゃるならば……、「恩返し」をさせていただきたい。

今の僕にできること。

今の僕がしなくてはならないこと。
こんな僕にでもできることがあるならば。

主治医からのメールにこうあります。
「奈緒さんは、残念ながら、初めから微小な肝転移があったんじゃないかと思っています。でも、奈緒さんと清水さん、おふたりの『息子』さんが、妊娠中、お腹の中でおふたりを守ってくれていたのかなと。もし、出産を諦めて、乳がんの治療に専念したとしても、残念ですが、余命は大きく変わらなかったと思います。だから、奈緒さんは、子供を授かり、清水さんとの息子さんを産むことができて、お母さんになれて、息子さんを残せたことが『奇跡』で、その喜びを経験できて幸せだったと思います」

確かなことはわからない。いや、わかる必要なんてないのかな。
だって、今、こうして、僕のそばには、奈緒との「宝物」がいるんだから。

奈緒は、「自分の命」をわかっていたと思います。辛くて、悔しくて、怖くて、不安で、でも、「3人で生きていく」と決めた奈緒は、一度も諦めることなく、「家族」

を守ろうとしてくれました。奈緒は「私、頑張ったよ」なんて、言わないと思います。
だって、奈緒にとっては、それが当たり前のことだったから。

そんな奈緒が託してくれた。
僕は守る、そして、伝えていきたい、「ママの偉大さ」と「命の温もり」を……。

ここに、「3人で生きる選択」をした妻・奈緒との闘いを記します。
奈緒と息子と僕の生きている証しです。

写真　清水　健

装丁　泉沢光雄

第1章

僕は、彼女に着替えさせてもらっている途中に、
ポツリと、こぼすようになった。
「今日は大丈夫かな」
奈緒は、ニコッと笑ってくれる。「大丈夫ですよ」

第2章

妊娠直後に乳がんが発覚

「もし奈緒が再発しちゃったら、
子供はオレひとりで育てなくちゃいけないんだよね」
僕がそう言った時の奈緒の顔を、僕は忘れられない。
奈緒が初めて僕に見せた顔だった。

第3章

闘病。竹富島への最後の旅行

コンドイビーチには、僕ら家族3人しかいなかった。
奈緒。僕。そして、息子。独り占めだ。
「よし、海をバックに3人で写真を撮ろう」
僕はセルフタイマーをセットする。シャッターが下りる。
僕は幸せの瞬間を切り取った。
写真の中に「瞬間」を閉じ込めた。

第4章

緊急入院。最後のお別れ

夜中の3時だった。僕はもう見ていられなかった。
もうこれは無理だ。
奈緒の夫として、奈緒はもうこんなに苦しまなくていい。
そして、息子の父親として、ママのこの姿はもう見せたくない。

奈緒の涙
2月11日午前3時54分
最後のお別れ

第5章

番組へ復帰

でも、どうだったんだろうか、実際の奈緒は。
怖かったはずだ。しんどかったはずだ。
泣き叫びたかったはずだ。
だったら一緒に、泣いて、悔しがって、
時にはわめいてあげればよかったんじゃないか。
一緒に、怖いと叫べばよかったんじゃないか。

僕は、彼女に着替えさせてもらっている途中に、
ポツリと、こぼすようになった。
「今日は大丈夫かな」
奈緒は、ニコッと笑ってくれる。「大丈夫ですよ」

第1章

出会いから結婚まで

バラエティーから報道に

奈緒に出会ったのは、『かんさい情報ネットｔｅｎ．（通称ｔｅｎ．）』がきっかけだった。

２００9年3月30日に始まった、夕方の報道番組『ｔｅｎ．』。僕はこの番組で、讀賣テレビに入社して以来、初めて、報道番組にレギュラー出演することになった。

それまで情報バラエティー番組を中心に仕事をしてきた僕にとって、報道番組に携わるということは、新たな場所での大きなチャンスであり、また同時に、大きな不安でもあった。

そんな僕の不安を和らげる存在として、奈緒――のちに僕の伴侶になる女性がいた。

＊　＊　＊

自分から見ても頼りないキャスターだ。

他局が、40代や50代のベテランキャスターを中心に据えているのに対し、僕は30代半ば。夕方のこの時間帯の視聴者は、いわゆるF3層（50歳以上の女性）と、M3層（50歳以上の男性）が中心だ。

「若造が何を偉そうに言うとるんや」

「バラエティー育ちのヤツが、ニュース読めるのか」

「シミケンで本当に大丈夫なの？」

そういう声がささやかれていたのも知っていた。

戦いが始まった。

毎日、朝8時までに出社し、主要紙から経済紙、スポーツ新聞にいたるまで、全紙に目を通す。そこから本番終了まで頭のフル回転。数回の打ち合わせにコメントの整理など、様々なことを想定して本番を迎える。

午後2時頃、ヘアメイクと着替え。心を落ち着かせる大事な時間だ。

そして午後4時47分から本番。生放送が終了する午後7時まで、いっときたりとも気が抜けない。

家に帰ると、ここから「ひとり反省会」だ。録画しておいたその日の放送を、じっくり見直す。

一言一句を反省し、そして、翌日の放送に備える。毎日がこの繰り返しだ。

2011年9月からはメインキャスターになる。

『ten.』は1部と2部の構成になっているが、どの時間帯でも、多彩なパネリストと共に、視聴者の方に近い番組、視聴者の方と一緒に考える番組でありたいとキャスターとして常に思っている。

妥協しようと思えばいくらでも妥協はできる。でも、自分の背には、スタッフ100人以上の思いが乗っていた。僕は彼らの代表として、あの席に座っているに過ぎない。

「シミケンだから見ない」

と視聴者にそっぽを向かれてしまったら、スタッフの思いや努力が無駄になってしまうのだ。素直に、そしてがむしゃらに、僕は走り続けた。それしかできなかった。

幸い、翌年には、2部で視聴率1位を獲得。以来、1位が続いている。1部でもニュース番組の中では1位を獲得できるようになってきた。もちろん嬉しいことではあるが、より多くの人が見てくれているという事実は、僕にとって大きなプレッシャーでもあった。

弱みを見せてもいいのかもしれない

報道に移った僕にとって、ヘアメイクと着替えの時間は、とても貴重だった。本番の3、4時間前から緊張がピークを迎え、ピリピリし始めるのが常だ。「今日はしんどいな」と思ってしまう日もあれば、気分が乗らない日も正直、あった。また自分の世界に入り込んで、周囲の音をすべてシャットアウトしたい日もあった。とにかく自分のことで精一杯。僕はこの時間の中で、自分を切りかえ、自分を戦いの場に駆り立てた。

奈緒は、スタイリストのアシスタントのひとりだった。奈緒はその時、24歳。大阪に生まれ、高校卒業後、スタイリスト専門学校を出て、スタイリストに弟子入り。助手として働いているところだった。

月曜から金曜まで、平日は毎日、顔を合わせた。

毎日のルーティンの中で、ひと言ふた言、会話をするようになっていたけれど、最初から存在が気になっていたかと言われればそうではない。あくまでスタッフのひとり。いや、緊張しているから、周囲を見回す余裕がなかったというのが、あたっているかもしれない。

半年ほど経ったろうか。そのうちに、奈緒がアシスタントではなく、僕の直接の担当になった。


「今日はちょっとお疲れですか」

そのひと言が気になったのはいつだっただろうか。

「気になった」という表現は正しくないかもしれない。気になったのではなく、その奈緒の言葉が気持ちを落ち着かせてくれる。スーッと気分が楽になった。

かと思うと、誰からも話しかけられたくなくて、僕が自分の殻に閉じこもっているような時は、奈緒は決して話しかけてこない。


今までの「シミケン」では駄目なのは自分が一番よくわかっていた。キャスターには信頼感が必要だ。じゃあどうしたらいいのか……、誰よりも勉強し、誰よりも現場に行って取材をし、っていうところが絶対に必要になってくる。

「清水ちょっとしっかりしてきたな」っていう、視聴者の方からだけではなくて、スタッフや報道フロアの記者からの信頼も必要。それをどう築いていくか……。当たり前のことを当たり前にする。ただそれだけだった。

キャスターという仕事は、偉いわけでもなんでもない。ごく当たり前のことを、当たり前にできるかどうかっていうのが大事なんだと、僕は思う。だから、今日はしんどいからこの新聞を読むのはやめておこうか、今晩は眠たいから、番組のＶＴＲをチェックする「ひとり反省会」をやめちゃおうか、と思っても、やる。

なんで？　不安だからやる。

特にキャスターになりたてのころなんて（今でもそうだが）毎日が不安で、眠れない日が続いた。そんな日々の中、その不安が5倍、10倍になる日がある。

たとえば、今日、橋下徹《はしもととおる》大阪市長（当時）がスタジオに来るとなったら、不安が倍増した。また、5時間、6時間の特番だってやっぱり不安だ。

オレは橋下市長と討論できるのかなって……。5時間も6時間も有益な情報を届ける「仕切り」ができるのかなと。でも、もちろん、記者やスタッフにそんなことを言えないわけであって、じゃあ、どこに弱音を吐くかって、そういうことだった。

僕は、彼女に着替えさせてもらっている途中に、ポツリと、こぼすようになった。

「今日は大丈夫かな」

奈緒は、ニコッと笑ってくれる。

「大丈夫ですよ」

隠しても仕方がない。今まで何人かの女性と付き合ってきたけれど、僕がカッコつけてしまうのか、弱みを見せるということができなかった。甘えたいのに甘えられない。

でも奈緒は違った。

初めて、「弱みを見せていいのかな」と思えたのだ。

弱みを見せても、温かく包み込んでくれた。

着替えの時間は、僕にとって癒《い》やしの時間へ自然と変わっていった。

奈緒が着せてくれるジャケットに袖を通し、ネクタイを締めてもらう。

奈緒という存在が、僕の日常の中で、大きなウエイトを占めるようになった。

初めてのデート

最初にデートに誘ったのはいつだっただろう。

まだ、メインキャスターになる前のことだったと思う。

「いつもいろいろとフォローしてもらってるから、お礼をしたいんやけど。一緒に食事でもどうかな?」

「はい、ありがとうございます」

奈緒はいつもと変わらない笑顔を浮かべて、ＯＫしてくれた。

いつものお礼として誘った食事だったが、その場の、その空気が気持ちよかった。お好み焼きを食べながら、「はい」「そうですね」と、相槌《あいづち》をうってくれる奈緒。決して会話が弾んだとは言えないかもしれないが、なぜか、ペースが合うのだ、初めてのデートなのに。

それから数回の食事に誘い、僕は会話の流れの中で、奈緒に伝えた。

「付き合おうか」

「はい。こんな私でよかったら」

やっぱり奈緒は、いつもと変わらない笑顔を浮かべて、首を縦に振ってくれた。


付き合い始めてからも、奈緒の態度は変わらなかった。

僕は特に隠すつもりはなかったけど、奈緒は、両親や会社の同僚にさえ黙っていたようだ。結果的に、僕の親しいタレントさんや会社の関係者、10人程度しか、知らなかったように思う。

僕は何と言われようとかまわない、と思っていたけれど、奈緒は違ったのだと思う。「キャスターの清水健はスタッフの女の子に手を出した」という言い方もできる。決して後ろ指をさされる関係でなくても、人の噂は時として変なふうに転がっていくこともある。

自分の存在のせいで、相手の足を引っ張りたくない。

奈緒はそう考えてくれていたのだと思う。

邪魔をしない。

きっとそれが、奈緒のスタンスだったのだろう。

僕の邪魔をしない。僕が傷つくようなことをしない。

だから、「付き合っている」と自ら人にも言わないし、「あそこに連れて行って」とか、「こんなことがしたい」「これがほしい」と言うこともない。「私はイヤ！」「私は嫌い！」、こうした強い言葉も、一度も耳にしたことがない。

また、奈緒は「スタイリスト」であることの信念を曲げなかった。

奈緒にとってスタイリストとは、「裏方」だった。自分のサポートで、タレントなりモデルがより一層、輝くことがゴール。自分が目立ちたいとか、そんな思いは一切ない。裏方は裏方、ひたすらサポートに徹する。それが奈緒の仕事のやり方だった。自分によって、その人が輝いているのを見るのが最大の喜びだったのだ。

付き合い始めてから何度となく、

「付き合ってること別に、隠さんでもエエで」

と言っても、やっぱり奈緒は「うん」と笑ってうなずくだけだった。

奈緒はやっぱり、奈緒であることを変えなかった。変わらず、裏方に徹して僕のサポートをし続けてくれたのである。

ふたりでいる時に何をしゃべっていたのか、思い出そうとしてみるが、実はそれほど話していなかったような気がする。こういう仕事をやっていると、おしゃべりに思われがちだけど、僕は普段、口数が少ない。もちろん会話は嫌いじゃないけど、女性から「なんで何も話してくれないの？」「思っていること、考えていることを言ってよ」と、何度、問い詰められたか。

2011年の秋頃、付き合いだして初めて、ふたりで旅行に行った。行き先は奄美大島。特にこれといった理由はなかったが、奈緒が寒がりだったこともあって、「なるべく暖かいところに行こっか」ということになったんだと思う。で、結局、何をしていたかと言えば、ふたりで海岸に座って肩を寄せ合い、奄美の海をぼーっと眺め、
「風が気持ちいいね」
「うん」

「海がきれいだね」

「うん」

会話を交わすというよりもただ、ふたりで一緒に座っていた。

それは、ふたりでよく行った、韓国旅行でも、僕の地元にある金剛山《こんごうさん》という山でのデートでもそうで、それほどの会話はなくても、僕は楽しかったし、何か心地よくて、次第に、その時間が僕にとっては欠かせないものになっていた。

ふたりきりの時間を、奈緒と心から味わう。

隣を見ると奈緒がいて、目が合うと笑顔を返してくれる。

ただ、一緒に同じ景色を見、同じものを味わい、同じ時間を過ごした。

「清水さんなら大丈夫」

僕のマンションに遊びに来た時も、奈緒の態度は変わらなかった。仕事が終わって、マンションに帰る。僕はその日の決まりごと——その日の放送の録画を見る。

奈緒はその横で黙って、それに付き合ってくれる。

「どうやった？」

「うん、全然よかったよ」

奈緒の笑顔に、僕はどれほど、救われたことか。

中には、相手にズバズバと物を言ってほしい、という人もいると思う。

でもその頃の僕は、重圧に押しつぶされそうで、いつも不安の中をさまよっていた。

張り詰めた糸は、ちょっとのきっかけで切れてしまいそうだった。

「全然よかったよ」と言われるような仕事をしていないことは、自分自身が一番よくわかっていた。でも、だからこそ「全然よかったよ」と言われたい自分がいた。誰かひとりでもいいから、確かなカタチで認めてほしかった。

「どうやった？」

「うん、全然よかったよ」

奈緒はきっとわかっていたのだ。

僕が、そう言ってほしいことを。

きっと奈緒だって、「ここはこうしたほうがいいんじゃないかな」ということはあったはずだ。でも、絶対にそれを口にしない。その代わり、「全然よかったよ」と毎回、必ず勇気づけてくれる。

付き合い始めて最初の誕生日、僕は奈緒からメッセージカードをもらった。そこにはこう書かれていた。

〈「清水さんなら大丈夫」私はそう信じています。
これからもどんどん挑戦し続けてください。
ずっとずっと応援しています。
たまにはの～んびりしましょうね、一緒に。

奈緒より〉

付き合いが深まり、気を許すにつれ、僕は、奈緒に愚痴をこぼすことも増えていったように思う。お互いに仕事が忙しくて、1週間ぶりにふたりの時間ができたという日だって、一日中、僕が不機嫌なこともあった。この頃の僕は、奈緒を気遣う余裕なんてなかったんだと思う。言い訳にしかならないが、とにかく自分のことで精一杯だったのだ。それなのに奈緒は、ひとつも嫌な顔をしない。いつもの笑顔で僕を包んでくれ、そっと腕を組んでくれる。その温かさに、僕は甘えた。

僕がいくら愚痴をこぼしても、仕事が上手《うま》くいかなかったと嘆いても、奈緒は必ずうなずいてくれる。

「うん」

「そうなの？」でもない。「そうだよね」でもない。

ただ「うん」とうなずいてくれるのだ。そして決まって、

「清水さんなら大丈夫」

と言ってくれる。

誕生日のプロポーズ

付き合い始めて2年。

キャスター半人前の自分が結婚していいのか、という思いもあった。

また、奈緒にとって、僕でいいのか、という思いもあった。

結婚したら、奈緒はますますしんどくなるだけじゃないか。

でも、その一方で、2年間も奈緒を宙ぶらりんにさせている、という思いもあった。

奈緒の性格を考えるに、結婚しない以上、僕との関係を、誰にも話すことはなかった

だろう。

決めた。結婚しよう。

こうと決めたら僕はブレない。

中央大学に進学したのもそうだ。人の心に「瞬間」を残せる仕事がしたい。それはアナウンサーという職業ではないかと思った僕は、中央大学に文学部社会学科マスコミメディア学科があるのを知り、アナウンサーを目指すならここだ、と勝手に思い込み受験したのだ。

就職の時もそう。所属していた体育会アメリカンフットボール部は当時、就職に有利だったように思う。マスコミ以外を選択していれば、その道もあったかもしれない。でも「アナウンサーになる！」と思い込んでいる僕は、チャレンジした。

やる、と決めたらブレない、それがどんな道であっても。

いや、そんなかっこいいもんではなくて、ブレる、ということが怖い、ちょっとしたことですぐに悩み、くよくよし、「これで本当にエエのか」と思う、小心者なだけなんだが……。

結婚をすることを決めた僕は、奈緒と連れだって、モデルルームを見てまわり、奈緒の意見も聞きながら、今のマンションを購入した。それが年末に近い11月のこと。そして明けて２０１３年の３月10日。奈緒の28回目の誕生日。

本当はそこまで待たず、新居を購入した時にプロポーズしてもよかったのだが、かっこつけで恥ずかしがり屋の自分が顔を出してしまい、自分の中では決めているのに、なかなか言い出せないという日々が続いてしまっていた。奈緒の誕生日は最大のチャンスだった。

僕は馴染みのレストランを予約し、奈緒を食事に誘った。でも、誕生日プレゼントに「何がほしい？」と聞いても、奈緒は「いらない」と言う。

奈緒はスタイリストだ。当然だが、とにかくファッションが好きで、ちょっとした時間を見つけては、ドレスのデザインなどをノートや手帳に描いたりしていたし、洋服、バッグ、靴、帽子などはクローゼットに入りきらないほど持っていた。でも高価なものはほとんどない。僕にはよくわからないけど、何かをちょっとワンポイントに使って、安いものを工夫してはファッションを楽しんでいるという感じだった。

「何かほしいものない？　好きなもん言うてや」

そう何度言っても「いらない」のひと言。

結局、レストランに頼んで、サプライズの誕生日ケーキを出してもらいお祝い。そして自宅マンションに戻ってから、もうひとつ用意していた本当のプレゼントを。

「私が半分、ニッコリ担ぎます」

僕は封筒から折りたたんだ婚姻届を取り出し、

「これ」

と言って手渡した。

「ありがとう」

奈緒は少しとまどいながらもいつもの笑顔を返してくれた。

でもどこか表情の奥で、「本当に私でいいのかな」という顔つきをする。奈緒らしい。

「なんでやねん。奈緒しかいない」とせかしてサインをさせた。

そのわずか数日後には奈緒と連れ立ち、住吉大社に行って尋ねたところ、「5月19日が空いています」と言われたので、その場で会場を押さえてしまった。

「なあなあ、5月19日って空いてる?」

両親や親族に連絡を入れたのは、それからのことだった。

生まれも育ちも堺市の僕は、昔から節目ごとに近所の住吉大社にお参りに行っていた。奈緒と初詣に行ったこともあり、そこで式を挙げたいというのは、僕のこだわりだった。3月にプロポーズして、5月に挙式というスピード、奈緒は驚いていたかもしれない。でもやっぱり奈緒は「うん」とうなずいてついてきてくれた。

結婚式を約1か月後に控えた、4月19日。僕の誕生日に、奈緒からメッセージカードが届いた。付き合い始めてから恒例になっている、奈緒からの贈り物だ。そこにはこうあった。

〈清水さんが抱える重～い荷物は、
私が半分、ニッコリ担ぎます。清水さんなら大丈夫!!
未来の花嫁より〉

「私が支えになる」という強い宣言じゃなくて、「私が半分、ニッコリ担ぎます」という控えめな、それでいて心強い台詞《せりふ》。奈緒は、あくまでも、僕の「裏方」に徹しようとしてくれていたのだ。

市長選に出馬要請

結婚してからの僕は変わった。

それまでは、自分のことで精一杯で、仕事でもスタッフに自分勝手な言い分で声を荒らげたこともあった。気持ちに全く余裕がなく、自分が切羽詰まっているから、相手を思いやる余裕がない。余裕がないから、細かいことが気になって、それでイライラしてしまう。完璧を求める性格もあだになった。まるで子供だった。

ところが、結婚して一緒に暮らし始めると、24時間、奈緒の存在がある。もちろん、仕事もあるのでずっと一緒にいられるわけじゃないけれど、安心感が違う。

結婚する際、奈緒と約束したのはひとつだけで、「お互い、自然体でいようね」ということだった。オレもしんどい時はしんどいと言うから、奈緒もしんどい時は隠さんとしんどいと言うてくれ。お互いに我慢するのはやめよう。

奈緒はいつものように「うん」とにっこりしてくれたけど、結局、我慢しなかったのは僕だけだったかもしれない。

どんなに好き同士でも、一緒に暮らすとどうしても生活習慣の違いが出てくる。そりゃそうだ、何十年も自分のスタイルで生活してきている。お風呂の入り方、食事の仕方、掃除の仕方……。そのほんのわずかな違いから、喧嘩になることもある。でも、奈緒とは全くそんなことがなかった。たとえば、パンツのたたみ方ひとつとっても、奈緒は僕のやり方を観察していて、頼んでもいないのに、それをその通りやってくれるのだ。

僕は、自分でも嫌な性格のひとつだと自覚しているが、どうしても細かいところに目がいきがちで、コップの揃え方にも自分のこだわりがあり、本棚も背表紙がまっすぐに揃っていないと気分が悪いし、落ちている髪の毛に気づくと、ついイライラしてしまう。そんな僕に対し、奈緒は、食器棚のコップや皿の並べ方も全く僕と同じようにしてくれたし、家の中はいつも掃除が行き届いていた。玄関に行けば、必ず靴が揃えてあり、僕が疲れ果てて靴下や服を脱ぎ散らかして、そのまま眠ってしまっても、翌朝、脱いだ服は必ずクローゼットにきちんと並べて片付けられていた。どんなに自分の仕事が大変でも、僕の食事に手を抜いたことはなかったし、もしどうしても自分が仕事で帰りが遅くなる場合は、僕が帰ると、すでに食卓に夕食がきちんと用意してあった。

自分の妻のことを「完璧だ」と口にするのは、のろけていると思われるかもしれないが、奈緒は、本当に完璧だった。

「清水さんが抱える重～い荷物は、私が半分、ニッコリ担ぎます」とメッセージカードに書いたことを、奈緒は、奈緒なりの方法で、本当にやってくれていたのだ。

奈緒がいない今……、そのことがよくわかる。

奈緒というよき伴侶＝理解者を得、キャスター、私生活でも新しいリズムができあがりつつあった2013年7月。僕は、新聞の一面を飾ってしまうことになった。大阪維新の会から、その秋に行なわれる堺市長選挙への出馬要請を受けたのだ。

堺市で生まれ育ち、多くのことを感じ教わり、何より郷土愛というのだろうか、堺市が好きで、感謝もしている。大好きな堺市、大阪府、そして関西、「堺市のために！」という言葉に、一瞬立ち止まってしまったのだ。

奈緒は、「ダメだ」とも、「やったほうがいい」とも、何も言わなかった。ただ、

「健さんが選んだことが、正しいんだと思う」

と、いつものように笑顔を見せた。

「どんな時でも、健さんの味方だからね」

結局、僕は思った。


奈緒を守らなアカン。


そして今の僕にできることは何だ？　現時点の自分には、キャスターとしてニュースを伝え、視聴者の方たちとそのニュースを考えることではないか。

出馬要請があった当日ももちろん会社へと向かった。多数のメディアが待ち構えていたが、奈緒から「大丈夫だった?」「また一緒に頑張りましょうね。大丈夫ですよ」とのメール。奈緒という一番の味方、その存在が、どれほど、心強かったか。

そして、こんな頼りないキャスターでありながら精一杯に僕を支えようとしてくれた番組スタッフ。本当にご迷惑をかけた。実際、出馬しなかったとはいえ、出馬要請されたという事実は残る。キャスターを降板させられてもおかしくはなかった。やらなければ、信頼を取り返さなければ……。多くの方が守ってくれた。この思いに応えたい——。騒動のあと、僕は一層キャスターの仕事に力を入れた。

「すみません、すみません、すみません」

2013年5月19日に、住吉大社で身内だけの結婚式を挙げた。前述の通り、猛スピードの段取りでの挙式ではあったが、みんなが喜んでくれ、笑顔があふれた。ただやはり、それだけですますというわけにはいかなかった。

これまでお世話になった方々に対する、ひとつの礼儀、その年の9月8日に、披露パーティを開くことにした。

僕も照れ屋だが、奈緒はその僕以上に照れ屋で、スポットライトを浴びるような場所を避けるところがあったけれど、僕はそんな奈緒のためにも、むしろ盛大にやりたかった。

主役は奈緒だ。

奈緒が主役、と思える時間を用意したかった。

こうなりゃ、とことんやる。仕事でご一緒している円広志《まどかひろし》さんと、同年代で親友である男性デュオ・アルケミストにライブをお願いした。

円さんには仕事はもちろんプライベートでも大変にお世話になっている。そこで「ライブを」と甘えてみたものの、〝あの〟円広志さんである。『夢想花《むそうばな》』などのヒット曲を世に送りだした、いわば「大御所」であり、今やタレントとしても関西ではテレビで見ない日がないほどの多忙ぶり。出席していただけるだけでもありがたいのに、「シミケンと奈緒ちゃんのためやったらしゃあない」と、なんと引き受けてくださったのだ。円さんには今も「おねだり上手の清水」と言われている。

普通の披露宴だと照れくさいので、円さんとアルケミストからＯＫをいただいたことを幸いに、ライブ会場を借り切ってやることにした。

円さんには本当にお世話になっていて、披露宴の１か月半後に行なわれた第３回大阪マラソンに僕が出場した際には、応援ソングを作詞作曲してくれた（『ｔｅｎ.』のエンディングテーマ『走れシミケン』）。これもおねだり上手と言われる所以《ゆえん》。その歌詞の中に「若き戦士よ鎧《よろい》を脱ぎ捨て」とある。今の僕は、「清水健」という殻を果たして破れているだろうか。

500人は集まってくださっただろうか。

同い年で親友、仕事仲間でもある元阪神タイガースの赤星（憲広）の乾杯の発声にはじまり、奥野史子さんや西田ひかるさん、朴一《パクイル》さんにメッセンジャー・黒田さん、ヤナギブソンさん。タレントさん含め、本当にたくさんの方々が、忙しい合間を縫って駆けつけてくださった。

もちろん、土曜日朝の情報番組『あさパラ！』で7年間共演させていただき、大変お世話になったハイヒール・リンゴさん、モモコさんも。

おふたりには、（僕が思っているだけかもしれないが）息子のようにかわいがっていただいていたので、婚姻届の保証人もお願いした。

仕事関係者には、弱音を吐いてこなかったつもりだが、ハイヒールのおふたりから見れば、僕がすぐに弱音を吐く、ワガママ坊主だということは、お見通しでもあったのだろう。
「ワガママなヤツやけど、奈緒ちゃん、ほんまシミケンのこと頼むな」
と何度も繰り返していた。

披露宴での、ハイヒールさんのおふたりの挨拶は、まるで即席の漫才だった。

モモコ「シミケン、奈緒ちゃん、ご結婚おめでとうございます。ご両家の皆さんもおめでとうございます。関係者もおめでとうございます。先ほど、シミケンのお母さまが挨拶にわざわざ来てくださいまして、ほんとにうちの息子の心臓はちっちゃいんです言うて」
リンゴ「そうそうノミのようにちっちゃいんですよっておっしゃってました」
モモコ「おっしゃってましたねェ。だから、そんなの前から知ってますって、言うときました（笑）」
リンゴ「……シミケンの言葉で、私が一番耳に残ってる言葉は、すみません、すみません、すみません、すみません、すみませんって、ほんとにすんませんしか残ってないけど、すんませんって言わんでええような生活を」
モモコ「そう。奈緒さんとやっていただきたい」
リンゴ「これで、もう、シミケンが浮気なんかしたらね」
モモコ「大丈夫やで、奈緒ちゃん、ぼっこぼこにしばいたるから（笑）」
リンゴ「もしシミケンが浮気したら、モモコに相談してください、離婚評論家ですから」
モモコ「いや、だれがや！　離婚してないから！」

『あさパラ！』を卒業して7年が経つが、今でも気にかけてくれている。モモコさんには、後に産婦人科を紹介していただいた。リンゴさんは、何度も何度も奈緒を心配してお見舞いに来てくれた。そして、息子に対し「もしあんたがグレたら、奈緒ちゃんがどれだけ頑張ったか、どんなにいいお母さんだったか、24時間説教したる」と。本当にありがたい。

パーティの話に戻ると……
『ｔｅｎ．』のチーフプロデューサー・坂泰《さか》知さんの挨拶も本当にありがたいものだった。

「皆さん、ご承知のとおり、この男は、人一倍、小心者です。そして、にもかかわらず、人一倍、かっこつけたがりです。そして、人一倍、見栄っ張りです。

今日は再三話が出ておりますけれども、堺市長選挙出馬をめぐってはほんとに皆さんにご心配をおかけいたしました。……私も実は彼を降板させるシナリオを用意しておりました。けれども、私が最終回答期限と定めた日に、出馬はしませんと、今から会社に行きますと言ってきたことをもって、今、こうしてアナウンサー清水健が存在しているというわけでございます。

けれども、皆さん、これまた皆さんご承知のとおり、それでもなお、彼は憎めないやつなんですね。この上は、皆さん、ぜひ、この清水健を、『かんさい情報ネットｔｅｎ.』で一番にしてやっていただきたい。報道キャスターとしての挑戦をぜひ成功に導いてやっていただきたいと切にお願い致します」

披露パーティの主役は奈緒のはずだった。

でも、スポットライトはどうしても僕にあたる。

奈緒もまた、しきりと、僕を立てよう、立てようとしてくれていた。

奈緒の挨拶がビデオに残っている。

「すみません、では、先に私からご挨拶させていただきます。すみません。本日はこんなに大勢のたくさんの皆さん……すみません、すみません。こんなにたくさんの皆さんに集まっていただけると思ってなかったので、もう、すごい胸がいっぱいで、ほんとにありがとうございます。ほんとに皆さん、今日はありがとうございました。

先ほどからお話に出ていますが、堺市長選の件では皆さまにものすごいご迷惑をおかけしたと思います。でも、こうやってキャスターとして進んでいくと決めましたので、もう、皆さま、ぜひ、清水健にお力を貸していただければと思います。すみません」

ハイヒール・リンゴさんからは、シミケンの言葉で一番印象に残っているのは「すみません」や、といじられたが、奈緒は短い挨拶の中に、いったい何度「すみません」と言っただろう。

僕のことで「すみません」と謝り、「清水健にお力を貸していただければと思います」と僕を立てて挨拶を終えるのだから、彼女のためのパーティとは言えなかった。

僕はそんな妻に、きちんと「ありがとう」と伝えただろうか。

第2章

妊娠直後に乳がんが発覚

「もし奈緒が再発しちゃったら、
子供はオレひとりで育てなくちゃいけないんだよね」
僕がそう言った時の奈緒の顔を、僕は忘れられない。
奈緒が初めて僕に見せた顔だった。

新しい命

どんな時にでも味方になってくれる人がいる——。これは僕にとっては非常に大きなことだった。

余裕が違うのだ。同じ振る舞い、同じ行動をしていても、どこかで落ち着いている。不安ばかりが大きかったキャスターの仕事も、もちろん不安を完璧にぬぐい去ることはできないけれど、少しは肩ひじ張らずにのぞめるようになった。奈緒のおかげである。


結婚して1年経った頃だったと思う。

その日は土曜日で、『ｔｅｎ.』の放送のない僕は、午前中ずっと惰眠をむさぼっていた。

奈緒がどこかに行ったなあ、というのは、夢うつつの中で記憶にある。

眠気の中でボーッとしているところに、奈緒が帰ってきた。

「どこ行ってたん?」

「病院に行ってた」

「そうなんや、なんで？」

「子供ができたって」

「ん？」

しばらく、何が起こったのか把握できないでいたが、ようやく頭が冴えてきて、僕はベッドから飛び上がらんばかりに喜んだ。

「ほんまに!?　ありがとな」

「うん」

僕は奈緒に初めて、「ありがとう」という言葉を伝えたのかもしれない。

自分の子供が生まれるということよりも、奈緒に子供ができたということが、何だかとてつもなくすごいことのように思え、僕は嬉しさで胸が苦しくなった。

今考えると、妊娠3か月では安定期に入っていないから、人に触れ回っていい話じゃない。でもその時の僕は有頂天になって、すぐに自分の両親に電話で報告した。

奈緒にも、

「奈緒も早く両親に電話しなよ」

と促していた。

「頑張ろうな」

「うん」

僕は自分に言い聞かせるように何度も「頑張ろう」と口にしていた。


妊娠がわかってからも奈緒と僕の関係は変わらなかった。キャスターとスタイリスト。常に仕事面でも僕を支えてくれていた。ただ、ちょっとだけ私生活での関係性は変化した。さすがにワガママ放題というわけにはいかない。奈緒のことを気遣うようになり、奈緒の代わりにスーパーに牛乳だとか卵だとかを買いに行ったり、一緒に買い物に行けば、重たい荷物を持たせないようにした。


結婚して1年で妊娠。

絵に描いたような幸せだ。

僕は幸せの中に浸っていた。奈緒も、そうだったと思う。別に何か特別なことがあるわけではなくても、次から次へと笑みが、幸せな空気がふたりを包んでくれていた。

奈緒を守る。

その思いが強くなった。

これが妊婦にいい、と教えられれば、その食材を買いに行き、胎教にいいと言われるCDも買い込んだ。お互いに、自分たちの子供が生まれてくることが待ち遠しくて、毎日のように、奈緒のお腹に手を当てては、まだ見ぬわが子へ語りかけた。

僕の38回目の誕生日。

奈緒はこんなメッセージカードをくれた。

〈この1年も楽しみな事がたくさん待っていますね。

レディちゃん（飼っているペットの犬）もいるし、お腹の赤ちゃんもいるし、守るべき宝物がいっぱいです！　このままどんどん走り続けてください!!

私はどこまでもお伴します。これからも笑顔で楽しい毎日を送りましょう。

未来のパパへ、未来のママより〉

僕はこの幸せがずっと続くと信じていたし、奈緒もそう信じて疑わなかった。奈緒のお腹には、僕らの「宝物」がいるのだ。僕たちの関係を、より深くしてくれる宝物。

ちょっとした胸のしこりが

それはちょっとした「しこり」だった。

定期的な妊婦検診に行った時に、妻は主治医である西川正博先生に「ちょっと左胸の下の脇に近い部分にしこりがあるんです」と相談したのが最初だった。ただ、それほど気になるしこりじゃない。妻も「心配だから……」というよりは、念のための軽い気持ちでした相談だった。

「妊娠すると乳腺が張って、しこりが出ることがあるんですよ。まあでも、念のために検査を受けてみましょう」

この時は主治医も、「念のために検査する」という対応だった。

妻も僕も、ほんとに軽い気持ちでいた。

検査も自宅の近所の病院を選び、付き添いは奈緒のお母さんにお願いした。

「検査結果がわかったら電話ちょうだいね」

と、僕も通常通り会社に行った。


検査は午前中で終わるという話だった。

ところが、なかなか電話がかかってこないのだ。

「うん?」、僕はなんとなく不吉な予感がした。奈緒の携帯に電話をする。出ない。何十回と電話しただろうか。でも留守電になるばかり。LINEも何回送ったか、でも、既読にもならないし、電話もかかってくることはなかった。

4時47分から番組本番、生放送が始まる。

「患者さんが多くて検査が長引いているのかな」、そう何度も自分に言い聞かせたが、どうしても不吉な予感が頭からどいてくれなかった。

あとで話を聞いたら、「本番前に健さんに知らせたくない」という奈緒の気遣いだったという。だが、放送の1部と2部の間にも僕が電話をしたので、奈緒のお母さんも、さすがに、「電話に出たほうがいいんじゃない」と言ったそうだ。


「もしもし」

やっとのことで奈緒の声が聞けた。まずはとにかくホッとした。そして、

「どうやった？」

不吉な予感はあったが平常心を精一杯に装い口にした。

「うん、……悪性だった」

「えっ？　どういうこと？」

わからない。今、何が起きているのか。

「悪性って、がんってこと？　乳がんってこと？」

「うん、そうみたい」

そのあとの本番で、自分がどうしたのか、僕に記憶はない。

頭の中が真っ白になるということは、こういうことなんだろうか。

放送が終わってもまだ、僕は混乱の中にいた。

悪性、乳がん……その言葉だけが、頭の上に覆《おお》い被《かぶ》さる。

僕はタクシーに飛び乗ると、自宅を目指した。

タクシーの中では、悔しさが湧いてきた。

なんでオレは、検査に一緒に行ってやらんかったんや。


奈緒からは携帯にＬＩＮＥが届いていた。

〈こんな私でゴメンね〉

ゴメン、奈緒。謝るのはこっちや。オレが守るから。


僕は部屋に駆け込んだ。

「大丈夫やって、大丈夫だから」

呪文のように繰り返した。

「大丈夫だから、絶対大丈夫。一緒に頑張ろう」

「うん」

奈緒は気丈にも、僕に笑顔を見せた。

トリプルネガティブ

乳がんだと告知を受けたのが、2014年4月30日のこと。

僕は乳がんについて必死に勉強した。乳がんは決してすぐに死に至る病ではない。日本で乳がんを患う女性は、1年間で約6万人、現在12人に1人と言われている。早期に発見して適切な治療を受ければ、より高い確率で完全に治すこともできるがんである。乳がんになっても元気に暮らしている人はたくさんいるのだ。これで終わりじゃないと自分に言い聞かせた。

奈緒のしこりは、乳がんと診断されたものの、その状態まではまだ詳しくわかっていなかった。精密検査の結果が出るまでにはしばらく時間がかかるとのことだった。


そして5月7日。結果が出る。

トリプルネガティブの乳がんだった。


「トリプルネガティブ」とは聞き慣れない言葉だと思う。

乳がんは、比較的おとなしいタイプから、増殖が強く進行の早いタイプまで、5つのサブタイプに分けられている。「ホルモン受容体」と、「HER《ハー》2《ツー》タンパク」が陽性か陰性か、そして、「Ki-67」というがん細胞の増殖能で分けられる。サブタイプ別にすすめられる薬物療法が違い、たとえば、ホルモン受容体が陽性の場合はホルモン療法がすすめられ、ゆるやかな副作用でがん細胞の増殖をおさえる効果が期待できる。最近の研究結果では、サブタイプ別に有効な薬物療法がわかってきており、格段に治療成績も上がっている。

ところが奈緒は、「トリプルネガティブ」だった。5つのサブタイプの中で、最も悪性度が高く進行の早いタイプで、乳がん全体の割合で言うと、わずか約2割。薬物療法の効果が期待しにくいともされている。

攻撃の標的となるホルモン受容体とHER《ハー》2《ツー》タンパクを、「持たない」、「陰性」のトリプルネガティブは、今のところ、治療方法は、抗がん剤治療しかない。他のサブタイプとは異なり、治療方法が限られているのが、この「トリプルネガティブ」なのだ。最近ではトリプルネガティブの標的となる因子についての研究も進められてはいるものの、まだ決定的な治療薬は開発されていない。

しかも奈緒の場合、「Ki-67」という核内のタンパク質が「80」と非常に高かった。

「Ｋｉ‐67」は、がん細胞の増殖能が、高いか、低いか、を見極める時の判断基準となる数値で、この数字が高値であるということは、増殖能が高く、悪性度が高いがんということになる。つまりは、奈緒の乳がんは、トリプルネガティブ乳がんの中でも、増殖が早く、たちの悪いタイプということだった。

僕は、ありとあらゆることを調べた。専門書を読み、つてをたどって、あらゆる専門医に話を聞いた。

導き出された答えは、手術しても、現時点ですでに、奈緒の再発率は50パーセント、という数字だった。

再発率50パーセント——手術してがん細胞を取り除いても2分の1の確率で再発。しかも、手術後1〜3年と早期に再発することが多いとされている。僕には絶望的なデータに思えた。しかも若年性乳がんは、進行が早い。

そして……。

奈緒の中には、もうひとつの命が育っているという事実。

突きつけられた「命の選択」

乳がんは、女性の中では最も多い「がん」であり、10代でも数は少ないが認められ、20代、30代、そして40代、50代と年齢が上がるにつれて増えていく。

35歳未満の若い女性の乳がん患者は、乳がん患者全体の3～6パーセント程度と少なく、「妊娠中の乳がん患者は1パーセント以下」とさらに少ない。

若年性乳がんは、自己発見が多く、発見時にしこりが大きく、リンパ節転移が多いなどの特徴があり、トリプルネガティブの割合も高く、35歳以上と比べると予後が悪い。特に妊娠中は、妊娠による乳房の発達としこりの区別が難しい場合もあり、発見が遅れることもある。

ただ、若年性乳がんは恐ろしい「がん」であることに間違いはないが、早期発見で予後が改善する可能性や、リンパ節転移がない場合、35歳以上の乳がんと予後に差がないというデータもある。

乳がんは進行度（病期）によって治療の流れが変わってくる。

「0期」「Ⅰ期」「Ⅱ期」「Ⅲ期」「Ⅳ期」に分けられるのだが、たとえば、ごく初期の

「0期」ならば、切除手術をすればほぼ治せて、再発や転移の心配もない。「Ⅳ期」は、さまざまな臓器に転移してしまっている状態で、がん細胞が全身に回っているため、薬物療法が基本となる。

奈緒の場合は、超音波検査などの結果から、「Ⅱ期」にまで進んでいることは間違いないということだった。

「Ⅰ期」までなら、早期の乳がんとなり、たとえ妊娠していたとしても、治療方法はある。

だが奈緒は「Ⅱ期」以上だった。すでに遠隔転移している疑いも拭えない。きちんと調べるためには、ＣＴ検査やＭＲＩ検査が欠かせないのだが、胎児への影響があるため、それを行なうことができない。

しかも奈緒の場合、治療の難しいトリプルネガティブ。つまり、すぐにでも治療を始めなければ危険という状態にあったのだ。ただ、先ほど、再発の可能性は50パーセントと書いたが、ということは、２人に１人は再発せず生きられるのである。

医師たちの説明は淡々としていた。

分子標的治療やホルモン治療、放射線治療は、トリプルネガティブとはいえ試す価値はあると思うが、お腹の中に赤ちゃんがいるので、その影響を考えるとできない。手術でがん細胞を取り去ることはできるが、妊娠中なのでCT検査が受けられないから、転移しているかどうかの判断が確定できない。

「すぐに手術、そして治療に入りましょう」

この言葉の意味することは、

「出産を諦めるのか、諦めないのか」。

僕たちは幸せの絶頂から一瞬にして、「命の選択」を突きつけられたのだ。

もちろん奈緒のことを、僕たち夫婦のことを考えての言葉なのだが。

時間をかけてはいられない状況だったが、すぐに答えが出るはずなんてない。

いや、出せるはずなんてない。

でも、奈緒の顔は、僕に「産みたい」と語りかけていた。「あれがほしい」とか、「これを買って」とかを一切、口にしなかった妻だ。その妻が、初めて、はっきりと僕に目で語りかけていた。

「産みたい」

「奈緒がいなくなったら……」

僕は走り回った。

いったいいくつの病院を回っただろうか。

平日朝9時から夜7時まで働き、その合間を縫って医師に会った。

でも、どの医師に尋ねても、答えは変わらなかった。

母体を一番に考え、言外に、治療に専念するようすすめられた。

トリプルネガティブじゃなければ、ここまで進行していなければ、治療と出産を両立させることは可能だ。だが、奈緒はそうじゃない。

では今回は出産を諦めるという選択はどうか。

「抗がん剤の治療などを行っても、回復に向かえば5年後には赤ちゃんは産める」

「卵子と精子を保存しておいて、治療後に妊娠できる可能性もある」と説明を受けた。

でも、今、お腹にいるまだ見ぬわが子に対する愛——、奈緒に迷いはなかった。

一方の僕は正直、相当に悩んでいた。

3人で生きる。当然、その道を選びたいし、その道しかないとも思っていた。

でも、そう決めたつもりでいてもぐらつく。名医と言われる先生に会うたびに、不安になった。「堕胎しろ」とは言われなかったが、遠回しに治療だけに専念するようすすめられた。一方で、今、治療に専念しようとしまいが、治癒率に大差はないと言う先生もいた。もう、訳がわからない。どうしたらエエねん。ハイヒール・リンゴさんに不安をぶちまけたこともある。「何で奈緒なのか、なんで」と……。徳島で医者をやっている従兄弟にも、十数年ぶりで電話をかけ、何度も何度も相談した。

でも答えが出せない。

踏み出せない。

僕は奈緒を愛していた。

そのことに真正面から初めて向き合った。


奈緒を失いたくない。そう思った。


僕はもうどうしたらいいかわからなくなって、奈緒にぶつけてしまった。

「どの医者も今回は出産を諦めては、と言っている……」

「私は産みたい」

「当たり前や、オレもそうしたい。……でもオレはお前が大事だ。……もし奈緒が再発しちゃったら、子供はオレひとりで育てなくちゃいけないんだよね」


ここに奈緒の日記がある。

乳がんがわかってから、つけ始めた日記だ。

元気な赤ちゃんを産んで、「がん」が完治したら将来、子供に見せよう。こんなにもママは頑張ったんだよって伝えられたらいいよね。そして、「だからママとパパの言うことはしっかり聞くんだよ」って言おう。オレも日記を書くから、奈緒もつけろよ。そんな冗談のような提案で始まった日記だった。当時は書いているのかどうか定かではなかったが、奈緒は本当に、日記をつけてくれていた。

奈緒の字がそこにはある。奈緒の「想い」がそこにはある。わかってはいるが、僕は、この日記をまだ、全部読んでいない。読めない、心の整理がついていないのだ。

勇気を持って開いた日記の最初のほうに、こう記されていた。

〈健さんが、私が死ぬことを前提に考えていることが、すごく悔しい〉

「もし奈緒が再発しちゃったら、子供はオレひとりで育てなくちゃいけないんだよね」

なんでこんなことを妻に言ったんだろう。

なんで「一緒に頑張ろう」と言えなかったんだろう。

奈緒が一番「生きたい」と思っていたはずなのに……。

グラついているのは僕だけだった。

今思えば、名医だったら、出産を諦めたほうがいいのか、諦めなくていいのかを決断してくれると思っていたんだと思う。だからその決断を求めて、名医と言われる先生を訪ね歩いた。

でも、決断するのは自分たちだった。決めることができるのは、奈緒と、奈緒の夫である僕、お腹の子の親である「僕たち」だけである。

奈緒は最初から最後まで、「赤ちゃんを産む。そして私も生きる」と、僕のために、生まれてくる子供のために、当然のように母親になる準備をしていた。

「3人で生きる選択」……。

奈緒の日記にこうある。

〈5秒もあれば泣ける状態ではあったけど、一度暗くなったら終わりだと思った。悲劇のヒロインです。になりたくなかったし、そう見られたくない。

「なんであなたが?」と言われるのが、つらい。なんで?　どうして?　なんて考えてもムダ。私は泣かない。

泣いても悲しんでも「がん」は治らない。暗い気持ちになったら、お腹の赤ちゃんに悪影響〉

乳がんが発覚してから、僕は奈緒の涙を見たことがない。泣きたかっただろう、泣き叫びたかったろうに。

それどころか、奈緒は、僕を気遣ってくれていたのだ。

日記にこうある。


〈健さんも辛いだろうな。

健さんは仕事もしてて上司に頭を下げて出勤時間を自由にしてもらって、その時間でお医者さんを訪ね歩いている。大変だろうな。精神的にも肉体的にもしんどいだろうな〉

違う。しんどいのは奈緒、きみだ。

僕やない。

それなのに僕は、傷つけることを口にした……。

「もし奈緒が再発しちゃったら、子供はオレひとりで育てなくちゃいけないんだよね」

僕がそう言った時の奈緒の顔を、僕は忘れられない。奈緒が初めて僕に見せた顔だった。強くて優しい、決意と覚悟。

手術

たどり着いたのは、滋賀県草津市にある、乳腺クリニックだった。

この病院は、「産みたい」「がんを治したい」という、僕たちふたりの思いを受け止めてくれた。

3人で生きることができる。

僕はすぐに、それまでお世話になっていた産婦人科、医療法人・西川医院の西川正博院長と、出生前診断の世界的権威であるクリフム夫律子《ぷうりつこ》マタニティクリニックの夫律子院長に報告に行った。おふたりとも、僕らの決断を笑顔で受け止めてくれた。西川先生は「お腹の子は元気だよ」とエコーを見ながら満面の笑顔を向けてくれた。今でも、時折、自宅を訪ねてくれる夫先生は、「奈緒ちゃんと健ちゃんなら絶対、乗り越えられる」と。乳がんとわかってから、僕ら夫婦がどれほど追い詰められていたかをそばで見守ってくれていた西川先生と夫先生。でも、そこにアドバイスはない。決めるのは、僕ら夫婦だから。帰り際の先生たちからの、優しくて力強くて温もりのある握手は今でも忘れられない。

大丈夫。僕たちは3人で幸せになる。3人で生きる選択。

治療方針も定まった。
手術→抗がん剤→「出産」→CT・MRI→抗がん剤タキサン→放射線治療

5月19日。検査結果が出てから12日経ったこの日、奈緒は、滋賀の乳腺クリニックに入院した。この日は、僕らふたりがその前の年、住吉大社で式を挙げた日だ。
初めての結婚記念日。「こんなことってあるんやな、初めての結婚記念日が病室やで」、ふたりで苦笑い。でも幸せだった。奈緒と夫婦になれて1年。奈緒と僕は、病室でささやかなお祝いをした。奈緒の好きなピンクのガーベラを贈り、「頑張ろう」とふたりで力強く誓い合った。

そして20日。午前中から手術が始まる。

当初、僕は仕事を休んで、立ち会うつもりでいた。会社も理解を示してくれていたが、そのことを奈緒に言うと、首を横に振る。

「いつも通りにして。私は画面の向こうの、いつもの健さんが見たい」

不安や寂しい気持ちはあったと思う。でも、奈緒は僕が一生懸命に仕事に取り組む姿が好きなのだと言っていた。それを見たら自分も頑張れると。

僕は滋賀の乳腺クリニックから、読賣テレビに出社した。「これでいいのかな」という思いはあったが……。病室を出たのは10時。このあと、何度も続くことになる病院からの出社だった。

病院が気を遣ってくれて、手術後、麻酔が覚める時間を、『ｔｅｎ．』の放送が始まっている時間になるよう調整してくれていた。

奈緒は、血を見ることも怖がるような子だった。注射1本に失神しかけたこともある。そんな奈緒が手術に挑むのだ。どんなに怖かったことだろう。でも奈緒は、ひと言も「怖い」と言わなかった。全くと言っていい。そんなそぶりさえ見せなかった。それどころか、僕に「いろいろとゴメンね」と謝るのだ。

僕は、「いつもの通りにしたい」という奈緒のリクエストに応え、精一杯の笑顔で病室を出た。

「じゃあ行ってくるね」

病室を出た途端に、自然と涙が出た。

あの時、僕は多分初めて泣いた。

なんで奈緒なんや。

なんでよりによって奈緒なんや。

JR草津駅から、東海道本線新快速姫路行きに乗る。

電車の座席に座っても、涙は収まらなかった。

手術は「皮下乳腺全摘術」。できるだけ今後の転移の可能性を低くするために全摘を選んだ。29歳、これからママになる。どれだけ悔しかっただろうか。でも、ひと言も、本当にひと言も「嫌だ」とは言わない。赤ちゃんのために、ママになるために。

またこの手術は大きな意味を持っていた。リンパへの転移があるかどうか……。胎児への影響を考え、奈緒はCT検査を受けていない。乳がんがどれだけ進行しているか、誰もわかりようがなかったのだ。

だが手術をすることによって、リンパへの転移があるかどうかがある程度わかる。転移していれば、進行は急ピッチで進んでいるということだ。最悪の事態を考えざるをえない。

転移さえなければ、「希望」が出てくる。

僕は祈った。

出掛けに、僕は乳腺クリニックの先生にお願いをしていた。手術には、奈緒の両親やお兄さんも付き添ってくれていたが、手術の結果は、最初に、僕に知らせてほしい。手術が終わったこと、そしてリンパへの転移があるのかどうか。たとえ本番中になってもかまわないから電話をしてもらえないかと。

手術が終わる時間も大体は聞いていたが、そりゃもう気が気ではなかった。電話とのにらめっこだ。かと言って、こちらから「どうでしたか？」と聞く勇気もない。

電話がやっとかかってきた。

「清水さん、リンパへの転移は見られませんでした」

僕は携帯を握りしめながら、もう片方の手でガッツポーズをつくった。

手術が終わったあとの奈緒を、奈緒のお兄さんがビデオに残してくれている。映像の中の奈緒は、麻酔のあとでもうろうとしてはいるが、テレビ画面の向こうの僕を見つめている。

奈緒は信じてくれていたのだ。

健さんなら、どんな時でも頑張る。


僕にできることは唯一、奈緒の期待に応えることだった。それはキャスターとして、いつも通りに仕事をする。奈緒は、自分のせいで、僕の仕事がダメになる、自分が迷惑をかけている、という状況が許せなかったのだと思う。


その日の放送が終わると、僕はタクシーで草津の病院に向かった。

普通に普通に、普段通りにと自分に言い聞かせ、僕は静かにドアを開け、いつものように「ただいま」と言い、

「よかったな」

とだけ声をかけた。

奈緒は笑顔だった。

僕はその笑顔に救われた。

「どうやった？　痛かったやろ？」

「へへへへ」

奈緒は、とびきりの笑顔を返してきた。

「痛い」「こんなのいやだ」、そんな後ろ向きの言葉を、奈緒は一切口にしなかった。「私、手術、頑張ったよ」なんてことも言わない。逆に、

「仕事、大丈夫だった？」

と僕を心配したのだ。

「まわりのほうが辛い」

術後の入院は、約1週間続いた。

僕は病院に無理を言って、同じ病室に泊まらせてもらうようにした。

病院から読賣テレビまで、1時間半。僕は病室で朝6時に起きて、7時には病院を出た。『ｔｅｎ.』の本番を終え、病室に戻ってくるのが、だいたい夜の9時。奈緒と少ししゃべって、夜11時に寝る。その繰り返しだった。

「弱音を吐かない奈緒」は、僕の弱さを浮き彫りにした。

しんどいとも言わない。痛いとも口にしない。しんどくないわけがない。痛いに決まっている。でも奈緒はこうした弱音を絶対に口にしない。

一方、僕はこれまで、奈緒に弱音ばかり吐いていた。結婚する際も、「しんどいと言い合える関係になろう」とプロポーズしたけれど、しんどいと口にしたのは、僕だけだった。付き合い始めてから、奈緒が弱音を吐いたことはない。愚痴を聞いたこともない。いつも笑って、僕を支えてくれていた。

この入院の最中、僕は、病室に行かなかったことが一度だけある。「ちょっと明日の仕事の準備ができてないから」と自宅に戻り、自宅に泊まってしまったのだ。奈緒を見るのが辛かったのだ。辛いと言わない奈緒を、見ていられなかったのだ。本人が一番辛いのに、お腹の赤ちゃんの心配をし、僕のことを気遣い、両親やまわりのことを心配する。

手術は成功したとはいえ、再発の恐れはつきまとっている。乳房はなくなってしま

ったのだ。それなのに奈緒は、

「私よりまわりがもっと辛いから」

とよく口にした。きっと、僕の辛さに気付いてしまっていたのだろう。

そんな僕に、奈緒が弱音を吐けるわけがない。


今思えば、後悔するのはそこだ。

もっと一緒に、「しんどいよな」とか、「痛いよな」とか言ってあげればよかった。

一緒に泣いてあげればよかったと思う。

それを奈緒が望んでいたかはわからない。でもきっと辛かったはずだ。

その後悔は一生消えないと思う。

たまらない……。ほんとに、ごめんなって思う。


なんであの時……、それが、奈緒と僕の夫婦の「カタチ」ではあるけれど、ほんとに申し訳なかった。

母になる準備を

病院を退院すると、抗がん剤治療が始まった。

実は、妊娠中に抗がん剤を投与したら、お腹の赤ちゃんにどういう影響を与えるのか、というデータはほとんど存在しない。現在も研究は進められているが、まだ、抗がん剤が胎児に与える影響が、きちんとわかっていないのだ。

手探りの治療だ。

マックスで投与するのは、やはりリスクが高い。様子を見ながら、通常より減量して抗がん剤を施していく。

量が少ないせいもあったのか、ありがたいことに、この頃には、ほとんど抗がん剤の副作用は出ていなかった。5月20日に手術して、退院してから赤ちゃんが生まれるまでの6月、7月、8月、9月、10月の5か月余りは、自宅に静かな時間が流れていた。

最近、家を整理したら、あちこちから育児雑誌などが出てきた。奈緒は、ずっと、母になる準備をしていたのだ。

不安はもちろんあったと思う。

でも、この5か月余りっていうのは奈緒にとって「幸せ」だったんだろうと思う。

いや、そうあってほしいと思う。旅行にも行った。妊婦写真も撮った。


この5か月がなかったら……。

この5か月があってほんとによかった。

そうしないと奈緒が悲しすぎる。

そんな人生はあっちゃいけない。


僕らふたりは、産婦人科・西川医院とクリフム夫律子マタニティクリニックに足繁く通い、検診を受け続けた。

「大丈夫。お腹の赤ちゃんは元気に育っていますよ」

先生の言葉に、ふたりして何度喜んだことか。


抗がん剤は、2週間おきに投与された。

抗がん剤の投与を受けるのは大変だというイメージがあるけれど、奈緒にとっては、自分が元気になるための方法だった。だからなのか、奈緒は明るい表情で家を出る。もし、事情を何も知らない人が見たら、ショッピングにでも出かけると思ったかもしれない。

奈緒はいつも、自分のお母さんについてきてもらっていた。あとで、奈緒のお母さんからは、「奈緒を産んでから今までの間で、一番、奈緒と接することができた時間だった」と言われた。奈緒にとっては、悲しすぎるけど、最後の親孝行だったのかもしれない。

誕生

予定日が近づいてきた。

僕はと言えば、大阪マラソンが近づいてきていた。結婚した年、披露パーティのあとに初マラソンで完走。2度目の参加が決まっていたのだ。

コブクロ・黒田（俊介）とは、小・中学校時代の同級生であることもあって、コブクロ・小渕健太郎さんとも、事前の合同練習などを行なっていた。キャスターである以上、大阪の街の盛り上がりを肌で感じて伝える、そして、『ｔｅｎ.』の番組を盛り上げるというふたつの意味があった。

ふたつの意味、いや僕にとっては、「結婚した年に初マラソン」、そして「奈緒が頑張った、息子が誕生する年」に、というもうひとつの大きな意味があった。走ることに何の意味がある？　それはわからない。でも走り続けたい。

僕は練習に熱を入れていた。

出場する第４回大阪マラソンは、10月26日。一方、奈緒と僕の宝物――子供の生まれてくる予定日は、10月23日だった。

奈緒のためにも、生まれてくる子供のためにも、負けられない。

僕は疲れた体にむち打って、時間を見つけると走った。


10月23日。

この日が来た。

３人で幸せになると決めてから、半年。僕は朝から気分が高揚していたことを覚えている。最初は自然分娩で、という話だったが、エコー診断で、臍《へそ》の緒《お》が赤ちゃんの首のまわりを３周していたということもあり、帝王切開になった。

実は、帝王切開と決まった時点で、少しホッとしていた。自然分娩だと予定日はあるがあくまでも予定日である。だが、帝王切開だと日時を決められる。となると、早く、次の治療やCTなどの詳しい検査にも入れるという思いがあった。これ以上、奈緒の体に傷を残すのは嫌だったが、無事に出産したあとに、すぐに乳がんの治療に入ることができる。高揚する一方で、僕は、早く次の本格的な治療に進めることを願っていた。新しい「家族」のために……。

帝王切開なので、立ち会うことはできない。

僕と親たちは、産婦人科・西川医院の別室でその瞬間を待っていた。

その別室に、ハッピーバースディの曲が流れる。そして、看護師さんが赤ちゃんを……。

「元気な男の子ですよ」

自然と顔がほころび、そのあと、涙が出て来た。泣き笑いだ。顔をくしゃくしゃにしながら、「よかった」と家族みんなで言い合った。ここまで奈緒がどれだけ頑張ったか、それは家族が一番わかっていた。「辛い」「怖い」なんて奈緒は言わないが、そんな奈緒の頑張りは家族みんなが一番知っていた。

手術はスムーズで、母子ともに問題はない。

僕は照れながら、少し遅れて分娩室から出てきた、大事業を成し遂げた奈緒に、

「頑張ったな」

とささやいた。

そしてその3日後、僕は奈緒から同じ言葉をかけられる。

「頑張ったね」

僕は妻の出産から3日後、大阪マラソンに出場し、完走していた。どこかで、家族のために走っていた僕にとって、奈緒の言葉は何よりも嬉しかった。

しかし走っていた時から、僕の頭の中を覆っていた不吉な雲は、どいてくれなかった。なぜか僕は、走っている途中から、涙が止まらなくなっていた。不安で押しつぶされそうだったのだ。

息子の誕生を番組でも報告していたので、きっとレースを見てくれた人たちは「嬉し泣き」だと思ってくれたかもしれない。でも僕の中では違った。

頑張ってくれた、妻であり母である奈緒への感謝と同時に、不安で不安でどうしようもなかった。

すぐに検査を

これが不吉な予感を起こしたものの正体だったのだろうか。

出産から1週間が過ぎても、奈緒はなかなかベッドから起き上がれない。

医師からの説明では、傷口がふさがるまで2、3日安静にということだったが、その期間を過ぎても痛みがなくならない。

帝王切開した傷じゃない。腰が痛いと言い出したのだ。

奈緒曰く、髪の毛を洗ってもらうサービスを受けていた最中に、腰がグキッとなったのだという。

「ぎっくり腰かなぁ」

最初は笑っていた奈緒だったが、だんだん表情が変わってきた。あれだけ「辛い」とも「痛い」とも漏らさなかった奈緒が、しきりに「腰が……」と言う。

初めての子供の誕生だ。奈緒の友人たちも、お祝いをしたいと連絡をくれたが、正直、それどころではなかった。楽しいひとときになるはずだった友人たちの来訪は、すべてキャンセルしてもらった。

産婦人科・西川医院の西川院長も首を傾《かし》げた。

「手術はうまくいっています。痛みがこれほど続くということは、普通あり得ないんですが……」

先生によると、帝王切開をすると、骨盤が広がってしまうことがあるらしい。それによって痛みが出ることもあるが、これほど長引くことはないという。

嫌な予感がさらに強くなった。

「きちんと検査をしたほうがいいかもしれませんね」

しかし産婦人科でできることは限られている。通常よりも出産のための入院は長引いたが、退院。奈緒も痛みはあるものの最高の笑顔を見せている。

これまでの経緯を知っている西川先生から、

「本当に、よく頑張った。でも、しんどくなったらいつでもいい、無理はしないで戻ってきていいから」

と優しく声をかけていただき、看護師さんたちにも笑顔で見送ってもらい、この日のために用意してあったおくるみにわが息子を大事に抱え、奈緒と息子、僕の3人は、久しぶりのわが家に戻った。

ところが、その夜、奈緒は、39度の熱を出してしまう。

「奈緒、病院に戻ろう」

親子3人、タクシーですぐに西川医院に向かった。

先生に説明すると、先生も顔を曇らせている。

「すぐに検査を受けたほうがいいでしょう」

僕はすぐに滋賀の乳腺クリニックに翌日の検査の予約を入れた。

奈緒にとっては初めてのMRIとCT。胎児への影響を考え、受けることができなかった検査だ。きちんとした検査結果は、後日、別の機関で出してもらうことになっていたが、乳腺クリニックの先生もベテランの専門医。画像を見れば、ある程度、判断ができるということだった。

気が気ではなかったが、奈緒の検査の付き添いは奈緒のお母さんに任せて、僕はいつも通り、仕事へと向かった。先生には、「わかったら真っ先に僕に電話をください」と念を押した。

電話はなかなかかかってこなかった。

かかってきたのは、本番が終わった午後7時過ぎ。後からわかったことだが、先生も僕に気を遣ってくれていたのだ。

「先生、どうでしたか？」

「ちょっと、怪しい影が見えるんですよ」

「わかりました、すぐに伺います」

僕はタクシーで草津に向かった。

転移

乳腺クリニックの先生は、じっと画像に目を落としたまま、しばらく口を開かなかった。

「先生、どうなんですか？」

僕は沈黙に我慢できず、先生に答えを促した。

「肝臓や骨、骨髄に転移している可能性が非常に高いですね。正式な検査結果はまだですが……ほぼ間違いないでしょう」

何を言われているのか全く理解できなかった。というより、その現実から逃げたかったのだろう。だって、子供が生まれたばかり、幸せいっぱいのはずなのだ。

嫌な予感はあった。

しかし手術ではリンパ節への転移は見つからず、少量とはいえ、抗がん剤治療も受けていた。しかも、出産までの奈緒は元気だった。それなのに、まさか体中に転移しているなんて。

妊娠中、奈緒が「腰が痛い」と口にすることはなかった。だって、出産後に「ぎっくり腰かなぁ」と笑っていたくらいなのだ。妊娠中からすでに転移していたのか。それとも出産を機に急に転移が進んだのか。女性ホルモンの関係で、妊娠中は痛みが出なかったが、出産を機に痛みを意識するようになったんじゃないかということも言われた。こればかりは誰にもわからない……。

僕は迷った。

転移していることを、奈緒に告知すべきか、否か。

奈緒を守るってどういうことや。

悩んだ。悩みに悩みまくった。

奈緒に告知するということは、自分が今、抱えている苦しみを楽にすることじゃないのか。不安とか、怖さとか、そうしたものはすべて僕のところでせき止めて、ママになったばかりの奈緒とは笑って過ごすことのほうが大事じゃないか。

僕は迷った挙げ句、奈緒には一切、転移を知らせないことにした。

それは僕の精一杯の強がりだった。

先生の説明を聞いたあと――時計は午後9時をまわっていたと思うが、僕は奈緒の病室に入った。出迎えてくれたのはいつもと変わらぬ奈緒の笑顔だった。

奈緒の顔が「私は大丈夫」と言っている。

僕はもう、その場にいることができなかった。

「今日はオレ、いったん家に帰るな。明日、迎えに来るから」

後ろ手でドアを閉めて、僕はむせび泣いた。

なんでや。

頭の中で、その言葉がグルグル渦巻いた。

子供も生まれて、これから幸せな生活が始まると思っていたのに、それは束の間の儚《はかな》い夢だった。

なんでこんな幸せな時に、こんな現実を突きつけられないとアカンのや。

なんでや。なんでや。

僕は涙を拭《ぬぐ》うと、もう一度、奈緒の元に戻って抱きしめた。

「大丈夫だから。絶対に大丈夫だから」

「うん」

「大丈夫だから。絶対にオレが守るから」

「うん」

そのまま振り返らずに病室を出た。駅までの5分の道のりが長かった。涙が止まらない。僕は人の目もはばからずに、声を出して泣きながら歩いた。

僕は、先生との会話を反芻《はんすう》していた。

「先生、転移が間違いないということなら、はっきりおっしゃってください。本当に転移していたとしたら、あとどれくらいですか？　1年ですか？　2年ですか？」

「……清水くん」

「はい」

「トリプルネガティブの乳がんで転移があるということは、そういうことじゃないんだよ。もって3か月。そう思ってほしい」

僕にはその時、泣くことしかできなかった。

産婦人科・西川医院の西川院長も心配してくれていた。草津から画像のデータをコピーしてもらい、西川医院に向かった。時間はとうに午前0時を越えていただろう。こんな時間に迷惑なことはわかっていたが、ひとりではいられなかった。夫先生も心配してくれていて、西川医院で待ってくれていた。

「ダメでした」

「先生、すみません、こんなにもよくしてもらったのに」

ただただ謝るしか、泣くことしかできなかった。先生がたも一緒に泣いてくれていた。

第3章

闘病。竹富島への最後の旅行

コンドイビーチには、僕ら家族3人しかいなかった。
奈緒。僕。そして、息子。独り占めだ。
「よし、海をバックに3人で写真を撮ろう」
僕はセルフタイマーをセットする。
シャッターが下りる。
僕は幸せの瞬間を切り取った。
写真の中に「瞬間」を閉じ込めた。

宣告

検査から3日後、正式な結果が出た。

本音を言えば、わずかながらの可能性を信じていた。

「清水さん、あの所見は間違いでしたよ」

そんなふうに言われることをどこかで期待していた。


だがそんな奇跡は起こらなかった。

先生の最初の所見通り、肝転移、骨転移、骨髄転移、3つの転移が確認された。

「すぐに大きな病院に移られたほうがいいでしょう。このままでは命の危険があります」

僕は草津の病院に奈緒を残し、とんぼ返りで大阪に戻った。奈緒のご両親と、自分の親に報告するためだった。

僕の自宅に、両家に集まってもらった。奈緒のお兄さんや、僕の姉たちも。

全員が呆然《ぼうぜん》として、泣いた。

子どもを産んで、まだ2週間なのだ。

2週間で、転移して、余命は3か月だと伝えなくてはならなかったのだ。

僕は言った。

「でも次の病院で、抗がん剤治療がうまくいけば、半年に延びることもあるし、1年になるかもしれません。5年生きた例だってあります。大丈夫です。奈緒は、奈緒は大丈夫です……」

精一杯に、でも、最後のほうは、言葉にならなかった。

翌日、奈緒はJCHO大阪病院に転院する。

奈緒には最後まで告知しなかったけれど、きっと、わかっていたと思う。大病院に転院するということは、のっぴきならない事態であることを意味していたし、僕の表情からも……。

大阪病院ではいちから詳しい検査をやり直した。CTだけじゃなく、PET検査と呼ばれる「陽電子放射断層撮影」も行なった。

「ひどいです。予想以上にひどいです」
検査結果に目を通しながら、乳腺内分泌外科・部長医師は言った。
「余命1か月と考えてください」

きちんとした検査を受けるたびに、余命が短くなっていく。ひとつずつ、わずかな可能性が潰され、だんだんと追い込まれていった。なんでやねん、なんで……。

大阪病院は、僕らのために、産婦人科病棟の一室を空けてくれた。女性担当医である木村綾医師の計らいもあったと思う。一般病棟では赤ん坊の世話ができない。それで、生まれたばかりの息子のことを考えて、産婦人科病棟に入院ということになったのだ。息子と一緒の入院だ。

新たな抗がん剤の治療が始まった。
トリプルネガティブ乳がんの場合、正直、取るべき手段は限られているといわれる。しかも転移が見つかったのだ。今まで以上の強い抗がん剤を投与するしか、もはや手はなくなっていた。

奈緒の場合は、骨髄にも転移している。しかも、白血球・赤血球・血小板の数が減少し、ＤｉＣ播種性血管内凝固症候群という、微小血栓が多発して臓器不全、出血傾向を引き起こす病態になりかけていた。高熱も続いた。このままでは抗がん剤を打つことすらできない。

僕は医師から、輸血の必要性について説明され、輸血許諾書にサインを求められ、頭のどこかで抵抗を感じながらもサインした。何が、ということではないのだが、奈緒以外の血を奈緒の中に入れることに抵抗感があった。だが、このあと、輸血は当たり前のように何度も繰り返されていく。

医師は、抗がん剤についての説明を始めた。

「場合によっては、反応が強く出るかもしれません」

強い副作用も覚悟の上だった。

祈った。ひたすら祈った。

頼むから、効いてください。お願いです。助けてください。

僕は神さまに向かって、心の中で手を合わせた。

模索

奈緒は11月に大阪病院で、最初の抗がん剤を投与された。

この抗がん剤は、1週間に1回、それを3回繰り返して、3週間を1クールとして投与する。3週間がワンセットだ。効果が続く限り、使い続けることができる。つまり、「持ち時間」が延びるということだ。抗がん剤には耐性というものがあり、はじめの投与で効果があった薬でも、いずれ効かなくなってしまう時が来る。耐性ができたと医師が判断すると、違う抗がん剤に変更し、また1クール目から投与を行なうことになる。

転移がわかって初めて抗がん剤を投与する日、僕は奈緒の手を横で握りしめた。奈緒の手が震えているのかと思ったら、震えているのは自分の手だった。

「大丈夫。きっと大丈夫やから」

僕はいったい何度、奈緒に「大丈夫」と声をかけたのだろうか。

抗がん剤の中には、アルコール成分も入っていた。抗がん剤が点滴されていくと、奈緒はスーッと眠りに入った。安らかな眠りだ。大丈夫、拒絶反応もない。

「どうやら大丈夫のようですね」

医師も大きくうなずいた。

次の日になると、良くなかった数値に大幅な改善が見られるという。白血球・赤血球・血小板の数が増えてきて、CRP（炎症反応）の値が下がった。

「これは効果があったかもしれませんね」

予断は許さないが効果は確かに出ている。医師も太鼓判を押した。久しぶりに耳にした力強い言葉だった。

この抗がん剤は、強力な抗がん剤ということもあって、毎日のように投与できるわけではない。効果と副作用により、安全な投与量と投与周期が決められている。抗がん剤が投与されると、副作用予防のステロイドの影響もあり、熱も下がり、体調もよくなるらしく、妻の病室には、初めて友人がお見舞いに来られるようになった。

初めて「ママ」として、友達と話しができるのだ。病室の中ではあったが、奈緒は「新米ママ」として、笑い声を立てていた。

ただ、僕にとっては、ここからが勝負だった。

治療法が限られているからといって、手をこまねいているわけにはいかなかった。

オレが奈緒を守る。その言葉を果たすのは今だった。

さまざまな「次の一手」を模索した。日本中の病院を調べ、電話をかけまくった。考えながら走った、と言ったらいいだろうか。立ち止まってしまったら、その時点で何かが終わってしまう気がした。

奈緒の病気。

息子のこと。

そして仕事。

重たいもんが3ついっぺんにのしかかってきて、僕は不安と怖さに押しつぶされそうになっていた。守ると約束した奈緒は、「しんどい」とも「不安だ」とも口にしない。夫であり、父である僕が「もう限界だ」なんて言っちゃいけない。でも正直、立っているのがやっと、という感じだった。

大阪病院に入院中は、なるべく親子で過ごす時間をつくるようにした。考えたくもないが、息子にとって、もしかしたら母親と過ごす時間は限られているかもしれない。1秒でも多くお母さんの匂いや感触、声の響き……そうしたものを残してやりたかった。もちろん、奈緒にも。

僕は毎晩、大阪病院に泊まった。一緒の病室に泊まるのは、奈緒が入院して以来、ずっと続けている習慣だ。僕は病院から会社に出社し、入れ違いに、僕の親が息子を病室に連れてくる。そして、僕は仕事が終わると、会社から病院に直行し、親とバトンタッチし、家族3人の時間を過ごす。夜9時過ぎに息子をいったん自宅に連れ帰り、親にあずける。僕はそのまま病院にとって返し、奈緒と病室で一緒に過ごす。奈緒の存在を感じながら、僕はソファで横になった。その繰り返しが1か月以上続いた。

ほとんど誰にも言えなかったのも辛かった。

こんな状態なんです、というのを、今までごく一部の人にしか言っていなかった。妻が一番しんどいから、しんどいという言葉は簡単に使いたくないけれど、まあ、しんどかった。もう頭がぱんぱんだった。

僕はもうフラフラになっていた。

　これまで唯一、僕が弱音を吐くのを受け止めてくれてきた奈緒は、今、僕以上に苦しんでいる。僕は誰にも「しんどい」と言えずに、頭も体もパニックになりそうだった。

「休ませてもらえませんか」

　チーフプロデューサーの坂さんと何度、話し合ったことだろう。

「休む」ということは、ただ何日か番組を休むということじゃない。僕の中ではそれはそのまま、番組降板を、意味していた。仕事を途中で放り投げるのだ。戻る場所が残っているなど、僕は考えていなかった。

　それでもよかった。

　奈緒のそばに、24時間、ついていてあげたかった。奈緒のそばにいたかった。

　でも僕は番組を続けた。奈緒が、僕がテレビ画面に映るのを楽しみにしてくれていたから。奈緒のお母さんによると、『ｔｅｎ.』の時間になると、奈緒はテレビをつけてと、頼んだと言う。どんなに辛くても、奈緒は、画面の中の僕を目で追った。

　奈緒が僕を支えてくれていた。そうじゃなかったら、僕はとうの昔に折れていた。

僕はチーフプロデューサーの坂さんに、

「何かあったら休ませていただけますか」

とだけ約束をさせてもらっていた。よくよく考えると身勝手なことだが、すべての事情をわかってくれている坂さんは、僕のわがままを聞いてくれた。

また病院の先生には、奈緒の病状が急変した時には、いつ何時でも、僕の携帯に電話してくださるように頼んでいた。

本番中に電話がかかってきても対応できるように、僕は自分の携帯を奈緒の後輩のスタイリストにあずかってもらっていた。彼女たちは薄々、何かを察知していたかもしれないが、事情はまったく話していない。ただ、電話がかかってきたら、放送中であっても、カメラの後ろから、合図をくれるように頼んでいた。


仕事が終わると、僕は真っ直ぐに病室に向かう。

病室のドアを開けると、奈緒の笑顔が飛び込んでくる。

「今日はたくさん泣いたの」

ママの顔だ。

僕の顔を見ると、奈緒は「待っていました」と息子の話をする。

もし、何も知らない第三者が、親子3人のこの光景だけを見たら、ほほえましい親子だと思うだろう。幸せな家庭だと感じるだろう。

でも笑顔の裏で、奈緒はどれほど耐えていたのだろうか。


奈緒は、一度も自分の病状を尋ねなかった。

奈緒のほうが怖かったはずだ。不安だったはずだ。でもそれを全く出さない。それどころか、息子に、僕に、とびきりの笑顔を見せる。


大阪病院の担当医・木村医師が弔辞に書いてくださった言葉がある。

「副作用の強い治療中も、まわりに心配をかけないように、愛らしい笑顔で穏やかに過ごされた奈緒さんのお姿と、ご一緒に全力で闘うご主人様の姿勢は、私たち医療従事者の心を打つものでした。私たちに病状を一度も問いただすこともなく、ただただご主人である清水さんについていかれ、そして、お子さんを愛される姿は忘れることができないものです。恐らくすべてをご理解されていたことと思います。でも奈緒さんはご主人様を信じていらっしゃった」

お宮参り

抗がん剤を投与すると、たしかに直後は劇的に体調がよくなる。高熱も下がり、体が楽になる。

ところが、こうしたいい状態は、長く続かない。

奈緒の場合、投与してから3日～5日間だけがいい状態だった。それがわかっている奈緒は、この期間に友人に病室に来てもらうなど、自分で自分の体調を考え、スケジューリングしているようだった。

ただ、その期間を過ぎるともういけない。

強烈な副作用が体を襲う。

奈緒の場合は、高熱と、口内炎ができた。20個とかじゃきかない。口の中だけでなく、舌の裏やのどの奥まで、ありとあらゆる箇所に白い水疱がびっしりできた。

ご飯がまったく食べられず、水さえも飲めず。

歯に口内炎が当たる。痛みを少しでも和らげるために歯を削った。口も開けられないような状況で、本当にたまらなく、見ているほうも辛かった。

２０１４年11月21日、その日は金曜日だった。

抗がん剤を投与して5日目の日だ。奈緒の体調は、今まで通りなら、明日から悪化する。もうこのタイミングしかなかった。僕はチーフプロデューサーに頼み込んで、この日の放送を休ませてもらった。家族そろって、息子のお宮参りに行くためだ。

脊椎《せきつい》に転移している奈緒の腰は、もう立つのもつらいほどだった。歩くことさえままならない。出発前に鎮痛剤を飲み、予備の鎮痛剤も携帯した。僕は車椅子に奈緒を乗せ、住吉大社の参道を進んだ。僕らが結婚式を挙げた神社に、息子誕生の報告をしに訪れたのだ。

奈緒は、病院で、実は夜、歩く練習をしていた。僕が仕事から病室に向かうと、病院の廊下を、奈緒は、腰を手で支えながら一歩ずつゆっくりと……。

この日のためだったのかもしれない。息子を抱っこしてお宮参りするために、奈緒は痛みを押して、歩く練習をしていたのだ。

神前に来ると、奈緒はスッと立ち上がり、息子を抱きかかえた。僕は知り合いのカメラマンに頼み込み、急きょ、撮影をお願いしていた。何度も何度もシャッターが切られる。写真の中の奈緒の表情は、輝いていた。ママの顔だ。

この日の写真をお世話になった医師に見せると、みんな一様に驚き、同時に喜んでくださった。

「自分で立つなんて、考えられません。でも、お宮参りできてよかった」

奈緒は40度近い熱があっても、息子をしっかり抱きかかえ、いつもと変わらぬ笑顔を見せた。

副作用との闘い

このまま抗がん剤を投与するべきなのかどうか、僕は悩んだ。抗がん剤を投与しないと治る可能性、命を延ばす可能性はないということにはなるが、抗がん剤を投与すると副作用に苦しめられ、ひどい状態になる。僕としては、これ以上、奈緒が苦しんでいる姿を見たくない。もう、抗がん剤を、つまり、「治すための治療」をやめて、「痛みをおさえる緩和」に切りかえたほうが奈緒のためなんではないか。

でも、結局、緩和に切りかえる勇気がなかった。まだ、もしかしたら治るかもしれない、治したいという思いが強かったし、奈緒には「希望」を持っていてほしかった。そして僕には、ママになったばかりの奈緒に「治療ではなく、緩和に」なんて言う勇気もなかった。

でもやっぱり、熱も39度出て、しゃべられないほど口内炎ができている妻を見ると、こんなに苦しめていいものか、本当にこれが正しいのか、奈緒が望んでいることなのかと、相当に悩んだ。

見ているのが辛かった。葛藤していた。

転移がわかって、余命1か月と言われた時に僕が誓ったのは、奈緒に、痛い思いと、しんどい思いと、怖い思いはさせないってことだった。


それなのに苦しめてしまっている。

抗がん剤の効果が切れると、必ず熱が出た。39度以上の高熱だ。いったん上がってしまうと下げる手立てがない。どんなに暖房を強くしても震えが止まらなかった。湯たんぽを抱え続けた。

白血球・赤血球の数が極端に減少し、血圧も下がる。すぐに輸血が行なわれ、何とか状態は落ち着くものの、体調がそこから回復することはない。次の抗がん剤を待つしかなかった。

抗がん剤を投与すれば、口内炎や高熱などの副作用が出る。

にもかかわらず、奈緒は、

「打ちたい」

とせがんだ。

「私にとって、これは栄養剤だからね」


11月の初めの1クールは、血液検査でも、CTでも、効果が出ていた。ところが、徐々に抗がん剤の効果が薄れてきた。投与しても思ったような効果が出ない。

12月に入って、医師に呼ばれた。

「思ったより効果が上がっていません。余命1か月と覚悟してください」

まただ。そんな馬鹿なことがあるのか。

抗がん剤という最後の頼みの綱まで、神さまは奪うと言うんか。そして、

「どうでしょう、一度、家に戻られてみては？」

と、提案されたのだ。自宅に戻ったからといって、病状が回復するわけじゃない。体調が悪化した時のことを考えれば、入院し続けたほうがいい。だが、このチャンスを逃すと、もう家には帰れないかもしれない。医師の心配りであり、同時に、最後通告だった。

自宅での奈緒はいきいきしていた。

ゆっくりしていていいよ、と言っても、台所に立って料理をつくった。息子のオムツを替え、ミルクをあげた。熱があっても、それは変わらなかった。

僕は1か月ぶりに、わが家から出勤した。

「いってらっしゃい」

奈緒が笑顔で見送ってくれる。

あと何度、こうして見送ってもらえるのだろうか。

僕は奈緒に笑顔で手を振るのだが、奈緒に背を向けた途端に、涙があふれた。

日中は、奈緒のお母さんが詰めてくれていた。さすがに、ひとりで息子の面倒を見る体力はない。

「結婚してから、もう奈緒のつくってくれたもんしか食べられんな」

冗談めかして言った僕のひと言を、奈緒は覚えていてくれて、どんなに母親が「私がやるから」と言っても、奈緒は断ったそうだ。

「健さんは私のつくったものしか食べないから」

抗がん剤の副作用でしんどい時でさえ、奈緒は笑って食卓に器を並べた。

じゃがいもを細かく切ったカレー

奈緒は付き合ってる頃から、よく料理をつくってくれた。

僕の好きなものにカレーがある。だが、じゃがいもがあまり好きではない。なんてわがままなんだと思うが、カレーに大きいじゃがいもがゴロゴロと入っているのがどうしても苦手なのだ。

奈緒が初めてつくってくれたカレーライスを、僕は今でも覚えている。じゃがいもは1センチ角ぐらいに切ってあって、口に入れるとすぐに溶けてしまうような柔らかさだった。そして、僕の好きなウィンナーがでーんと入っている。

カレーをつくるならじゃがいもは小さいほうがいい、と言った覚えもないし、頼んだ記憶もない。ただ一度、冗談めかして「嫌いやねん」と言っただけ。でも奈緒は、それを覚えていてくれて、実際に僕好みのカレーをつくってくれたのだ。

そう言えば、じゃがいもを嫌いなのがわかっているから、肉じゃがをつくったことは一度もなかった。グリーンピースも嫌いだから、スープに入っていたことがない。ハンバーグにマドレーヌ……僕の好きな料理や菓子の情報を仕入れては、それをつくってくれた。いつも、僕の好きなものばかりが食卓にならぶ。

僕は「おいしい」とか、もちろん「まずい」とも「ちょっと味が薄いかな」とも口にはしない。恥ずかしがり屋？のせいか、ただ黙って食べる。でもなぜか、「ん？」と思った料理が、次に出てきた時は、僕の好みの味に変わっていた。奈緒から「おいしい？」とか聞かれたこともなかったけれど、僕の表情で判断していたのだろうか……。

「おいしいよ」

報道番組のキャスターをしている、僕はアナウンサー、しゃべりを仕事としている。言葉の大切さを知っているはずなのに、そういった一言をかけるべきだとわかっていたのに、なんで言えなかったのか。

奈緒の笑顔――そんなこと、言わなくていいよ、という空気感に、僕はどっぷりと甘えていた。

食卓には、あの頃と変わらない笑いがあった。

食事が終わると、入浴タイムだ。僕は浴室で待つ。奈緒が息子を抱えてやってくる。僕は慣れない手つきで息子をあずかり、きれいに洗う。

「お風呂、終わったよ」

僕は奈緒に声をかける。

「はーい」

水色のバスタオルを持った奈緒が浴室の戸を開ける。僕が息子を渡すと、奈緒はバスタオルに包み込み、愛おしそうに頬ずりをした。

3人で島へ

12月の終わり。もう抗がん剤は効かなくなっていた。

それでも奈緒は、「打ちたい」と言った。

医師からは、「緩和に切りかえたらどうか」という話が何度もあった。つまり、それほど効果のない抗がん剤を投与して副作用で苦しむより、苦しみを和らげる方向に変えたらどうかと。ただ、それは、「終わり」を意味していた。

奈緒は、すでに帽子が手放せなくなっていた。帽子からは、ショートヘアがのぞいていたが、これはかつらだ。強烈な副作用で、髪が抜け始めていたのだ。ただ、そのことについて一言も、悲しいとか辛いとか言ったことはない。

「私より、私のまわりが辛い」

これが奈緒の口癖だった。


この頃の僕ら3人を支えていたひとつに、竹富島《たけとみじま》への旅行があった。

竹富島は、沖縄の八重山《やえやま》諸島のひとつで、石垣島から高速船で15分程度のところにある。1周10キロに満たない小さな島は、星の砂に囲まれ、家々の屋根は、この地方独特の赤瓦で葺《ふ》かれている。

あれは、読賣テレビ製作の『どっちの料理ショー』に三宅裕司さんのアシスタントとして出演しはじめた頃だから、10年ほど前のことだろうか。取材で訪れた竹富島に、僕はすっかり惚れ込んでしまった。以来、2年に1度のペースで、休みを利用して、僕はこの島を訪れていた。

奈緒とも一緒に行きたかったのだが、『ten.』も忙しく、タイミングを逸していた。付き合っていた当時から、竹富島のことは、ふたりの間でたびたび話題に上っていた。

奈緒を連れて行きたい。

あの景色を見せてやりたい。

奈緒の病気が発覚してから、僕の中ではその思いが募っていた。だが、治療のことや、奈緒の体調のことを考えると、なかなか踏み切れなかった。近場に旅行に行くのとは違う。飛行機と船を利用する。長旅だ。


息子が生まれ転移がわかった時に、僕は賭けに出た。

年末年始の休みを利用して、竹富島に行くことにしたのだ。

常宿にすぐさま連絡を入れ、僕は親子3人分の予約をした。

「奈緒、3人で、竹富島に行こう!」

「うん」

「絶対やで」

「うん、私、頑張る」

と、奈緒とは会話してはいたが、僕は正直、半分くらい諦めていた。

常識では、旅行なんてあり得ないことぐらいわかっている。でも、僕らは3人で生きると決めていた。3人で生きていくためには、「希望」が必要だった。

竹富島旅行は、僕と奈緒のひとつの希望だった。

僕自身がその希望にすがっていた。「希望」を持たなければ、テレビカメラの前に立っていられない状態だった。

竹富島、幸せの瞬間

年末最後の放送の日。

本番が終わった瞬間、僕はトイレで泣いた。

「ありがとうございました」「お疲れさまでした」という声が上がっている中、ああ、これは人に見せられないと思ってスタジオを出てトイレの個室に駆け込んだ。

スイッチが切れたっていうのだろうか。

もういっぱいいっぱいだったのだ。正直、もう無理だった。

夜、熱を出している妻を見て、看病と心配でたまらなくて、でも奈緒をお義母さんに託して仕事に行って、本番をやって、家に帰ってきてすぐ息子の世話をして。その間、ずっと他に手立てはないのかを考え情報収集して、それでも解決法は見つからなくて……。

奈緒はもっとしんどいので、僕が限界って言ったら駄目やけど、かっこつけられないっていうか、かっこつけなかったらとっくに限界だったというか。

奈緒が乳がんで、辛い状況だということは、ほんの数人にしか話していなかった。当たり前だが、妻が「がん」であろうと、「副作用で苦しんでるんかな」「大丈夫かな」とか、どれだけ心配していても、ニュースは飛び込んでくる。そして、それを伝える。キャスターという席に座らせてもらっているのだから当然のことだ。「このキャスターは奥さんが乳がんで、今、大変なんだ」とは思われたくなかった。いや、奈緒が一番、僕がそう思われることを望んでいなかったと思う。

そして、それは僕の精一杯の強がりでもあった。

スタジオでは、キャスター・清水健でいられる。弱い自分に仮面をかぶせることができた。ほんの1、2時間かもしれない。でも、その時だけは、キャスター・清水健でいられた。この頃、キャスターでない清水健はただ泣いてばかりいる情けない男。ほとんどの方に話さなかったのは、いや、話せなかったのは、弱っちい「清水健」を見せたくなかったんだと思う。精一杯、強がりたかった。テレビの中だけでも……。

今、まわりの方から、「よく頑張ったな」とか、「強かったな」とか言われるけど、決してそうではなかった。強いのは奈緒であって、僕じゃない。

年末なので、番組の打ち上げがあった。

その頃、本番開始の2時間、3時間前にスタジオに駆け込むという、キャスターとしては失格な状況が続いていた。スタッフには多くの迷惑をかけていたのだが、この日も、初めに挨拶をさせていただき、早めに帰らせていただいた。

僕の事情を知ってくれている人は「よく頑張った」「また来年一緒に頑張ろうな」と言ってくれたけれど、来年……、どうなるのか、自分でも正直、わからなかった。

２０１４年12月28日。

旅行の前日。奈緒は病院のベッドにいた。前日から熱が下がらず、体調は最悪だった。ベッドから起き上がることすらできなかったのだ。

27日の晩に「どうする?」と聞くと、熱があるにもかかわらず、奈緒ははっきりとした言葉で、

「行く」

と言った。

僕は奈緒に内緒で、竹富島の旅館に電話し、ドタキャンすることがあるかもしれない旨を伝え、この日、病院に来ていた。

抗生剤の点滴と白血球を上げる注射を3日間連続で行なった。たぶん僕も、大阪病院の先生がたも「行けるとしたらこれが最後かも」と思っていたと思う。奈緒の担当女医の木村先生は休みにもかかわらず、奈緒の様子を見に来てくれていた。

そして血液検査。

今から考えると、「奇跡」としか言いようがない。奈緒の数値はどれも落ち着き、最悪の状態は脱したようだった。

大阪病院の医師も、「国内旅行ならば大丈夫でしょう」という判断をし、念のために、沖縄の病院にも連絡を取ってくれていた。


12月29日。

奈緒と僕、息子の3人は、関西国際空港にいた。ここから石垣島まで2時間半のフライトだ。

奈緒は、ベビーカーで体を支えながら、搭乗口までゆっくりと進んだ。実はこのベビーカーは、奈緒がこだわって選んだものだ。あれこれ悩んで選んだバギー。そしてこの日が、初めてベビーカーを押した日だったのである。

飛行機は、透明な海をなめるように石垣島の空港に着陸した。

初めての親子3人の旅行だ。

奈緒も不安だったのだろう。空港に着くと、すぐに自分の母親に、無事に着いた旨をメールしていた。

新石垣空港から石垣港離島ターミナルまではタクシー、そして、高速船。奈緒の体調は安定していた。

これなら大丈夫。

竹富島に到着し、馴染みの旅館に荷物を置くと、僕はすぐに奈緒を誘った。

「海に行こう！」

「うん」

目指すはコンドイビーチだ。

どこまでも続くかのような白い砂浜と、その向こうに広がる遠浅の海。

いつもはエメラルドグリーンに輝く海は、沈みかけた太陽の日差しを浴びて、淡い金色に光っている。

「まぶしい」

奈緒が眼を細めた。そりゃそうだ。考えれば、ここ数か月、ほとんどを病室か、家に戻っても感染症の恐れがあるので自宅での生活。久しぶりの自然の光。

ただ、その表情は輝き、目は笑っていた。

そして、腕にしっかり息子を抱え、奈緒は、歩いた。

つい2日前までは、ベッドから起き上がれなかった奈緒が、歩くことなんてとんでもなかった奈緒が、自分の腕で息子を抱き、歩いたのだ。

「日差しが気持ちいいね。でもこの子、焼けちゃうかも。色が白いから」

「ええやん、男の子なんやし」

「だ、め（笑）。日焼けしませんように、日焼けしませんように……」

僕は、奈緒の妊娠がわかった時に記念で購入した一眼レフで、ひたすら奈緒を追った。ファインダーの中の奈緒は、僕が驚くほどの笑顔を見せた。優しくもあり、強くもある、母の顔である。笑い声が風に乗り、波のしぶきと混じった。

「奈緒、寒くない？」

「うん、大丈夫」

「気持ちがいい」

奈緒は、息子に、何回も何回も頬ずりをする。

まるで、自分の感触を、刻み込むかのように。

「来てよかったな」

奈緒に笑いかける。

「うん」

「ああ、ほんま、気持ちがエエなあ」

「これが健さんの好きな景色なんだね」

「うん。奈緒と息子に見せたかった景色だ」

「ありがとう……」


コンドイビーチには、僕ら家族3人しかいなかった。

奈緒。

僕。

そして、息子。

独り占めだ。

「よし、海をバックに3人で写真を撮ろう」

僕はセルフタイマーをセットする。

シャッターが下りる。

僕は幸せの瞬間を切り取った。写真の中に「瞬間」を閉じ込めた。

3人で過ごす正月

旅館の夕食。竹富島の海の幸、山の幸が並んだ。

あとでわかった話だが、この時、奈緒は、自分の母親に、「意地でもパイナップルを食べてやる！」とメールしていたらしい。無数にできた口内炎のせいで、水すら、しみて辛そうだった奈緒だが、旅館の心づくしの料理を目にすると、ひとつひとつお皿を持ち上げては感心し、小ぶりのパイナップルを、口に放り込んだ。

「おいしい！」

奈緒は眼を大きく見開いた。

僕は奈緒の瞬間を撮り続けた。

「いったい何枚、撮るの？」

僕は笑っただけで答えない。

「私の顔、むくんでない？」

奈緒が笑った。

実際、奈緒の顔は、治療の影響で、むくんでしまっている。でも奈緒は、輝いていた。僕には奈緒の笑顔が眩しかった。


そして2015年1月1日、竹富島。

息子にとって初めての正月。家族3人で過ごす初めての正月でもあった。

ああ、正月を迎えられたんや。

僕はひとり、今にも泣きそうやった。

ありがとう、奈緒。

そして息子に、ありがとう。

息子がいるから、お母さんもお父さんも頑張れる。ほんとに、ありがとな。生まれてきてくれて、ほんまにありがとな。

ここには、確かに幸せがあった。家族3人の幸せがあった。

まだ負けられへん。

まだや。まだまだや。

でも、奈緒も僕も、心の中ではわかっていた。

この瞬間に、限りがあるということを。

「私だって仕事に行きたい」

2日に大阪に帰ってきて、5日から出社した。

仕事に行くべきか、休むべきか、僕は迷っていた。

奈緒の転移がわかってからの僕は、番組のスタッフに迷惑をかけ続けていた。出社時間も通常より遅らせてもらい、何度もギリギリの時間に駆け込んだ。もちろん、新聞全紙に目を通すこともできないし、打ち合わせの時間もままならない。取材に行く時間もない。ルーティンにしていた放送後のチェックもできない。

こんなエエ加減な状態で、カメラの前に立ってエエんか。

ほんまにそれでキャスターといえるのか。

自問自答した。

番組を降りるべきじゃないか。チーフプロデューサーにも率直にぶつけた。

それでも、すべてをわかった上で、「お前の好きにしたらいい。俺らはお前を守る」と。わかった上で、支えてくれる上司がいた。仲間がいた。僕が奈緒を守らなきゃいけないのに、気づくと僕が皆に守られていた。ありがたかったし、ふがいない自分が悔しかった。そして、病気を呪った。

でも状況は変わらない。

このままでは、奈緒との時間も、仕事も中途半端ではないか。看病に手を抜いたわけじゃない。いい加減に仕事をしてきたわけじゃない。でも、それはその時点で精一杯なだけであって、結局、中途半端なことに変わりないんじゃないか。僕の中では、そのわだかまりが消えなかった。


今、自分にできることは何か。


年が明けてからの奈緒は、明らかに体調が戻らなかった。

がんが肝臓に転移しているせいで、悪化し、お腹に腹水がたまりはじめていた。服を着ていてもわかるほど、お腹がポッコリしてきたのだ。手足もむくみ、パンパンにふくれあがっている。

朝一番に病院に行って、血液検査を受ける。

だいたい2、3時間待つと、お昼前に結果が出る。僕らふたりは、待合室でソッと手を握りながらその時間を待ち続ける。

僕はこの結果を待つのが怖かった。奈緒の数値が悪いであろうことは、素人の僕でも予想がついた。抗がん剤を投与したくても、数値が悪ければ投与できない。白血球の値が低すぎる時に、抗がん剤を投与するとかえって危険なのだ。

でも、奈緒は抗がん剤を打ちたがった。

それが唯一の生きる術《すべ》だとわかっていたから。

抗がん剤を打たないということは、もう処置はしないと言っているに等しかった。

「清水奈緒さん」

名前を呼ばれる。

僕は奈緒を待合室に残し、先に、先生に結果を聞きに行く。

案の定、数値はさらに悪化している。

「抗がん剤は打てません」

済まなそうに医師が言う。

奈緒にどう言えばエエんや。

もう先がない、なんて言えるはずない。

「もうちょっとよくなれば、抗がん剤も打てるって」

「うん」

奈緒自身が一番わかっていたはずだ。でも最後まで
「頑張る」

「大丈夫」

としか口にしなかった。

お互いに余計なことは言わない。わかっていたのだ、奈緒も僕も。だから言わない。マイナスなことは口にしない。

僕が先生と何を話してきたのか、その内容を奈緒が聞くことはない。

自分から、医師や看護師に病状を確認することもない。

ただ黙って、僕を信じて、僕の後ろをついてきてくれた。

辛かっただろう。不安だっただろう。苦しかっただろう。

ただ歯を食いしばって、そのことを相手に悟られないようにして、お互いに笑い合った。それが僕ら夫婦の「カタチ」だった。

転移がわかったあと、僕は言ったことがある。

「ああ、仕事しんどいなぁ。明日から休もっかなぁ」

ほんの冗談のつもりだった。

奈緒はぽつりとつぶやいた。

「私だって、行けるなら仕事に行きたい」

オレは一番しんどい人間に向かって何、弱音吐いてるんや。何、愚痴ってるんや。

それから僕は、弱音を吐かないと誓った。誓いはグラつくことがあったけど、奈緒が耐えているのに、自分が投げ出すわけにはいかなかった。

最後の望み

僕の中ではまだ、ひとつだけ望みがあった。

「オラパリブ」と呼ばれる新しい薬が開発されているという情報を摑んでいたのだ。

これは、がんの抑制遺伝子である「ＢＲＣＡ１」と「ＢＲＣＡ２」というふたつの遺伝子に、突然変異が起こることで生じた乳がんと、卵巣がんに対して有効なことがわかってきていた。「ＢＲＣＡ1」と「ＢＲＣＡ2」の突然変異は、遺伝性乳がんのおよそ半分に見られる。この変異によって、がんの相対的リスクは一般の人の10倍から30倍となり、乳がんの生涯リスクは85パーセントになるともいわれる。アメリカの女優のアンジェリーナ・ジョリーは、身内に突然変異による遺伝性乳がんが多い、という理由で、両乳房の切除手術を受けている。乳がんのリスクを取り除くためだ。

僕はこの「治験」に賭けていた。

もし奈緒が、ＢＲＣＡの突然変異による乳がんならば、つまり「遺伝子異常」の乳がんならば、「オラパリブ」を服用できる可能性がある。もちろん、保険診療ではないが、そんなことは言っていられなかった。もしお金で解決できるなら、借金をする覚悟だった。

年明けに、阪大（大阪大学）の医学部附属病院を奈緒を伴って訪れた。

「遺伝子異常があるかないかだけ、調べとこうか」

という軽いのりにみせかけて、奈緒を誘った。

通常、検査が出るのに1か月かかるところを、無理を言って、というか、それほど切羽詰まっていた状況だったので理解を示してくれ、1週間で出してくださった。

検査結果が出たその日、僕は自宅に戻るタクシーの中で、奈緒に何も言葉をかけることができなかった。

奈緒は、この検査が、治験か何かであることはわかっていたんだと思う。

そして、落ち込んでいる僕を見て、その結果が、思い通りでなかったことも……。

それでも奈緒は、笑った。

「よかったね。がんが遺伝することなくて」

「ＢＲＣＡ1」と「ＢＲＣＡ2」の突然変異は、乳がんだけに作用するのではない。お母さんからこの遺伝子を受け継いだ場合、男性でも前立腺がんや膵臓がんのリスクが上がる可能性もある。つまり、もし奈緒に遺伝子異常が見つかっていれば、息子もがんを患うリスクが理論上は、高いということになる。

奈緒は、ほんのちょっとの幸せ——それもかすかな幸せを見つけて、それを喜んでいるのだ。

僕はタクシーのシートに腰を沈めながら、心の中で奈緒に謝っていた。

ゴメン、奈緒。もう手立てがないよ。

疫病神

1月のCT検査で、肝臓は萎縮し、腹水は多量になり、胸水も出てきていた。

医師からは、

「抗がん剤はしばらくやめておきましょうか」

と言われていた。

竹富島に行く前に投与したきりで、年明けから抗がん剤が投与できなくなっていた。点滴をしても、一向に数値はよくならない。数値が上向く要因は、もうなにひとつ残っていなかった。

担当医は、「やめておこうか」とやんわりと言ってくれたが、それはいわば、最後通告だった。

奈緒の体調は日に日に悪化し、痛みも増しているようだった。

待っていても、抗がん剤を打てるようにはならない。治験も無理。そうなると残されているのは、緩和だった。

緩和——つまり痛みを和らげること、それは、積極的な治療を諦めるということだ。

僕は1月の終わりに、緩和への切りかえを決断する。

もう奈緒を苦しめたくなかった。

同時に、仕事も休みを取った。

たしかに、仕事を続ければ、奈緒は喜んでくれる。奈緒もそれを望んでいる。でも、今しかできないことは、奈緒と息子と一緒に「家族での時間」を1秒でも多く過ごすことではないか。

僕は奈緒に相談をせず、1月いっぱいで、『ｔｅｎ．』のキャスター業を休むことにしたのだ。もちろん、再び、その席に戻るつもりはない覚悟を決めた。


「来週から仕事を休むわ」

奈緒に報告すると、顔を曇らせたが、理由を聞かなかった。

「ちょっと疲れちゃってな」

僕は言わなくてもいい理由を口にした。

押し黙っていた奈緒は、静かに口を開いた。

「ごめんね……。こんな疫病神《やくびょうがみ》で」

一瞬、何を言っているのかわからなかった。

ヤクビョウガミ。奈緒の言葉を反芻する。

「何言ってるねん、ふざけんな！」

「……」

「奈緒が疫病神のわけないやろ！　そんなこと言うな！」

奈緒を怒ったのは、後にも先にも、これが最初で最後だった。

奈緒に向かって怒ってるんじゃなかった。そんな言葉を口にさせてしまった、自分のふがいなさに腹を立てていた。

あれだけまわりに気を遣い、「しんどい」とひと言ももらさない奈緒に、オレは何を言わせてるんや。

こんなかわいい子を産んでくれて、僕をこれほど愛してくれる奈緒が、疫病神のわけないやろ。

「ごめん……」

僕は奈緒をそっと抱きしめた。

謝らなきゃいけないのは、オレや。ごめん、奈緒。

第4章

緊急入院。最後のお別れ

夜中の3時だった。僕はもう見ていられなかった。
もうこれは無理だ。奈緒の夫として、
奈緒はもうこんなに苦しまなくていい。
そして、息子の父親として、
ママのこの姿はもう見せたくない。

「でも泣かない」

僕は奈緒に内緒で、在宅医療について調べたり、終末ケアについて、時間のある限り、あちこちに話を聞きに回った。

苦しませず、怖がらせず、痛がらせず。

僕は奈緒に、なんとかそうしてあげたいと決めていた。それしかできなかった。緩和処置に切りかえる——その「スイッチ」を誰でもない、僕が押したのだ。その「スイッチ」を押したということは、奈緒が終わってしまう、ということだった。あちこちを駆けずり回りながら、僕の中では何かが引き裂かれそうだった。奈緒にずっと生きていてほしい。それなのに僕は、奈緒の終わりのために動いている。奈緒のため、と思いながら、実際、これは奈緒が終わるための準備なのだ。

ひとつの選択肢は、ホスピス（緩和ケア病棟）だった。

大阪にも施設の整ったホスピスはある。

ただ僕には、ホスピスという選択肢は考えられなかった。

「奈緒、ホスピスに行こうか」とは言えなかった。

本人がどれだけわかっていようが、息子を産んで、ママになってまだ3か月も経っていないのだ。

そこでたどりついたのが、神戸のポートアイランドにある、小児がん専門治療施設「チャイルド・ケモ・ハウス」だった。

通称「チャイケモ」は、小児がん治療中の子どもたちとその家族のQOL（クオリティ・オブ・ライフ＝生活の質）に配慮した、日本で初めての専門治療施設だ。ここでは、家族が一緒に生活しながら、その中で専門的治療を受けることができる。QOLを大事にしているので、その施設は、病院というより、憩いの場だった。家にいるような心持ちになれる。

治療をしながら、子供と一緒に生活できる。

僕は、その一点に飛びついた。

「チャイルド・ケモ・ハウス」の楠木医師に頭を下げて、事情を話した。先生もわかってくれて、その時に備え、容体の確認も含め何回か家にも往診に来てくれた。

奈緒にも一度、「チャイケモ」のパンフレットを見せて、

「このチャイケモってベッドも気持ちよさそうだし、ここってなんかエエなあ。一度、行ってみよっか」

「うん」

そんな会話をしたこともあった。

仕事を休んだ時点で、「チャイルド・ケモ・ハウス」に移るという手もあったが、奈緒と僕はまだ、闘うことを諦めたわけじゃなかった。

医師からは「抗がん剤は難しいかもしれない」と言われていたけれど、時折、体調のよさそうな奈緒を見ると、まだ打てるんじゃないか、というかすかな望みを僕も捨てきれなかった。家では、奈緒のお母さんにも来てもらって、息子と奈緒と僕とで、うだうだと過ごした。奈緒は笑顔を絶やさなかったし、意思疎通もしっかりしていた。

そして2月5日。

一縷《いちる》の望みを託して、JCHO大阪病院に血液検査に行った。

いつものように2時間待つ。

僕の中では、いつも以上に長く感じた。

大丈夫。僕は自分に言い聞かせた。

ところが、担当医は、僕が診察室に入るやいなや、顔を伏せた。

「もう、抗がん剤は打てません」


その日の夜。

僕は息子を自分の親にあずけた。

久しぶりに、自宅で奈緒とふたりきりになる。

「相当悪くなってる。……気づいていると思うけど」

「うん」

「だからもう、抗がん剤は打てない」

「うん」

「奈緒、ごめんな」

「うん」

もう止まらなかった。奈緒の前で泣かないと決めていたのに、涙があふれてくる。

「ごめん……、奈緒……、ちょっと泣いてエエか」

「うん」

「奈緒、奈緒も泣いてエエよ」

「うん。でも泣かない。泣いたら、壊れちゃうから」

「……」

「私はまだいい妻でいたいし、いいママでいたいもん」

泣きじゃくった。嗚咽《おえつ》を止められなかった。泣いたらアカンと思っているのに、涙を見せない奈緒の前で、ひとりで泣いた。

僕は奈緒に言った。

「約束してほしい。もうしんどかったら、オレにそう言ってくれ。オレも言う。しんどかったらオレも言うから奈緒も。約束やで」

「うん」

「もう我慢するのはやめや」

「うん」

初めての弱音

すると翌6日の朝になって、奈緒が初めて弱音を吐いた。

「しんどい……」

「どうした?」

「息が……うまく……できない」

たまっている腹水や胸水が増えてきて、呼吸が苦しくなるかもしれないという可能性は医師から指摘されていた。そうに違いなかった。

一語発するたびに、ぜいぜいという息が漏れる。

「わかった。じゃあチャイケモに行こ」

「しんどい……から近くの……病院に……行きたい」

「わかった」

タクシーで大阪病院に駆け込んだ。タクシーの中で担当医に電話で連絡、病院に着くなり、処置が始まった。

緊急入院だった。

「酸素の値は？」「奈緒さん、どこが痛いですか」、バタバタと、でも冷静に容体を確認しくれる。今、思えば、本当に大阪病院の担当医、看護師さんにはよくしていただいた。だがすでに、奈緒は抗がん剤が打てない体になっている。奈緒のしんどさをなくしてやるためには、痛み止めを打つしかなかった。

医療用麻薬とステロイドだ。

もうこれしか痛みに効かなかった。

だが、肝機能が極端に低下している奈緒に、医療用麻薬とステロイドを注入すると、予想以上に副作用が強くあらわれる可能性があるということだった。血中のアンモニア値も上昇していて、肝性脳症の可能性も出てきた。正常であれば肝臓で除去されるはずの毒物が血液中にたまってしまい、それが脳に到達し、脳の機能を低下させてしまうのだ。意識が遠のいたり、幻覚が出たり、錯乱したりすることが考えられるとのことだった。医療用麻薬とステロイドで意識障害が早く進む危険性がある。

苦しませず、怖がらせず、痛がらせず。

愛する妻に、愛する息子のママに、今の僕にできることはそれしかないと思っていた。

「清水さん、どうされますか」

先生が決断を迫る。

決断。その「スイッチ」は、また僕が押さなくてはいけない。僕は病状を知っていて、この注射をすればどうなるかもわかっていた。

「夢と現実がわからなくなってきます」とか、「意識がなくなるかもしれません」とか。もしかしたら、スイッチを押さなければ、あと1日、長く生きられるかもしれない。奈緒は「まだまだ頑張れる」、と言うかもしれない。なのに、僕は、奈緒の人生を奪おうとしているのか。

もしかしたら、あと1時間でもしゃべりたいかもしれないのに。

でも全部、僕がスイッチを押していかなければならなかった。夫なんだから当たり前、決断するのは僕だ。決断できるのは僕だけだった。

奈緒をこれ以上苦しませたくない。

奈緒の苦しみを見ていたくない。

でも、苦しみを止めれば、もしかしたら意識はなくなっていくかもしれない。

奈緒、奈緒はどうしてほしい？

「うん」

奈緒がうなずいた。僕にはそう思えた。

「先生、お願いします」

結局、僕はまた、「スイッチ」を押した。


奈緒は酸素吸入器をつけ、点滴で精神安定剤とステロイド、医療用麻薬を投与された。肝性脳症を予防する点滴もはじまった。一時は危篤状態だった奈緒の状態は、1時間もすると嘘のように落ち着きを取り戻し始めた。急いで、会わせておきたい人たちに電話し、病室に来てもらった。

苦しそうながらも、友達と話している奈緒は笑顔を見せていた。奈緒の両親もかけつけ、穏やかに談笑している貴重な時間だった。

そんな奈緒を横目に、僕は後悔していた。

なんでアイツの前で泣いてしまったんや。

なんでや。

最後まで「希望」を持たせるって自分の中で決めてたのに、なんでや。なんで奈緒をどん底に突き落とすようなことをやってしまったんや。

オレがあんなこと言わんかったら、オレが泣かんかったら、奈緒は、奈緒は……。


緊急入院した翌日、2月7日。

僕は奈緒とふたりっきりでずっとしゃべっていた。

「もう寝ようか」

夜更け、奈緒の体を気遣って、声をかけた。

「大丈夫?」

「うん、『今日来てくれて、ありがとう』ってみんなに言っといて」

「わかった。お父さん、お母さん、お兄ちゃんたちには?」

「『また起きるからね』って」

「わかった」

「愛するわが子には」

「『今日もいい子だったよね。また一緒に遊ぼうね』って」

「わかった。ちゃんとだっこしてやってや」

「うん」

「めっちゃいい子やで。ちゃんと奈緒、話してあげてや」

「うん」

「健さん、明日、また、起こしてね」

「……わかった。おやすみ」

奈緒は静かに目を閉じた。


そしてこれが、ほんとに意思疎通ができた最後の会話になった。

夜半過ぎには、肝性脳症がすすみ、もう誰が、何を言っているのかわからなかった。

予想を超えた急変

早過ぎる。

どの先生もそう口にした。

2月5日、最後の血液検査を受けた時に、担当医からは、

「あと1か月はないと思ってください」

と言われていた。ところが、その翌日に、急変してしまったのだ。誰も何もしようがなかった。

肝性脳症はすすみ、奈緒は奈緒でなくなっていった。

しかし、暴れたり、叫んだりすることはない。担当医や看護師さんは、そんな奈緒の姿を見て、「まわりに迷惑をかけないようにするなんて、ほんと奈緒さんらしい」と感想をもらした。

しかし、もう時間は残されていなかった。

転院

2月8日、日曜の朝。

奈緒の今までの笑顔は、多くの人を動かした。

大阪病院の先生の厚意もあって、転院はスムーズに進んだ。チャイケモの楠木先生も、神戸からわざわざ大阪病院に迎えに来てくださった。転院に際し、奈緒の状態が悪かったから医師が救急車に同乗しないといけなかった。

救急車に乗る。最悪の事態が起きる可能性も捨てきれず、救急車には奈緒のお母さんにも同乗してもらった。僕と楠木先生、そして奈緒のお母さん。3人で奈緒を見守った。

救急車は、思った以上に揺れた。救急車ってこんな揺れるんや。初めての救急車、その揺れに驚いたことを妙に鮮明に覚えている。

吐く息が白くなるような冬の朝だったというのに、僕は汗だくになっていた。暑かったのは、暖房のせいなのか、焦っていたせいなのか、それはわからない。奈緒の手を握りながら、僕はずっと話しかけていた。

「大丈夫だから、大丈夫だから」

神戸までの道のりは、とてつもなく遠い気がした。

ポートアイランドの「チャイルド・ケモ・ハウス」には、昼前に着いた。

チャイケモには、奈緒のお父さん、お兄さん家族、そして、僕の親、親戚、全員がすでに集まっていた。

ここに転院するということは、「最期を看取る」ということを意味していた。2月から休みを取り、奈緒につきっきりで看病を始めた時にも、チャイケモに行くチャンスはあった。

でも「生きたい」と願う奈緒を、強引に連れて行くことはできなかった。僕も、奈緒に生きていてほしかったし、奈緒にも生きるんだという「希望」を、最後まで、息子のためにも持っていてほしかった。

大阪病院に緊急入院したあと、しばらく転院に躊躇していたのも、同じ理由からだった。まだ生きていてほしいと思ったのだ。


チャイケモに着いてからの奈緒は、もう、意識は朦朧《もうろう》として、会話にならなかった。あの時のことは思い出したくない。

終始うとうとし、目が覚めると子供のような疑問を口にするのだ。

「ここはどこ？」

「神戸のチャイルド・ケモ・ハウスだよ」

「誰？」

「奈緒の担当の先生だよ」

また、うとうとする。

目が覚める。

「ここはどこ?」

その繰り返しだった。

今まで、さんざん僕のわがままに耐えてくれた奈緒。ここはとことん、絶対にこいつと付き合おうと思った。何をしても、たとえ、訳のわからないことを口走っても、悔しいな、ごめんなと思うと同時に、とことん付き合ってやるからなと思った。

何回も何回も同じことを問いかけられて、何回も何回も同じことを教えた。ほんとを言えば、その姿を見るのはすごく辛かったけれど……。

僕の言うことを奈緒がわかっていたかどうかは、わからない。ただ、僕と息子に向かって「誰?」とは言わなかった。僕と息子のことはずっとわかってくれていた。そう思いたい。

最後のスイッチ

チャイケモに移ってきたその夜には、あれだけ口にしなかった言葉を、奈緒ははっきりと言った。

「しんどい」

「痛い」

「つらい」

目を離すと、点滴の管を自分で引き抜いた。


修羅場だった。

意識は朦朧とし、ちょっとでも覚醒すると、痛みでうめき声を上げた。やり場のない痛みというのだろうか。夜の10時から、それが1時間ごとに続き、その間隔も少しずつ縮まっていく。

「大丈夫だから、大丈夫だから。オレたちがいるから」

うめき声を上げるたびに、僕は奈緒の手を握った。もはや、そのことが伝わっているのかさえわからない。

「もうちょっと……もうちょっと……」

奈緒がうわごとのようにつぶやく。

何が「もうちょっと」なのか。

もうちょっと生きたいのか。

もうちょっと頑張ると言っているのか。

それとも、もうちょっとで私の命は終わるからって言っているのか。

奈緒は再び点滴の管を引きちぎると、ベッドの上をはい始めた。まるで、その先に何かがあることが見えているかのように。


夜中の3時だった。

僕はもう見ていられなかった。

もうこれは無理だ。

奈緒の夫として、奈緒はもうこんなに苦しまなくていい。そして、息子の父親として、ママのこの姿はもう見せたくない。


もう、充分に頑張った。頑張ったから奈緒は……。

僕は先生を呼んだ。


チャイケモの先生から、事前に痛み止めの注射の説明を受けていた。注射を打てば、痛みはすーっと治まる。しかし、強い注射だ。打つと、意識がなくなる可能性がある、と言われていた。

僕はまた「スイッチ」を押すのか。

しかしスイッチを押してあげられるのは、僕しかいなかった。奈緒の痛みを取り除いてあげられるのは、僕だった。

「お義父さん、お義母さん、もういいですよね？　奈緒は頑張りましたよね？」

僕は、奈緒の両親に問いかけた。

おふたりは無言で、うなずいた。

「先生、奈緒が苦しんでいます。奈緒は、奈緒はこれを絶対望んでいません。苦しんでいるんです。だから先生、お願いします」

「よろしいんですね？」

「はい」

僕はスイッチを押した。

最後の注射だった。

打った瞬間に、奈緒は痙攣《けいれん》をはじめた。

血の気がさっと引いていく。

先生がスタッフを呼んだ。ここまでの急激な変化は予想外だったらしい。

「これほど、この注射に反応するはずがないんですが……」

先生も戸惑うほどの急変だった。

2月9日朝4時。奈緒は昏睡に入った。

奈緒の涙

ここからの2日間は、何とたとえていいかわからない。

奈緒はもう目を覚まさない。

しかし、29年しか生きていない奈緒の心臓は、まだ生きたがっていた。心臓だけが、動き続けているのだ。呼吸音も聞こえる。

僕にはその音が苦しがっているように聞こえた。

「先生、奈緒は痛がっているんじゃないですか?」

先生をつかまえては、何度も何度も確認する。

「大丈夫です。奥さんはもう何も苦しくありません」

でもこれは、誰も体験したことのない領域なのだ。苦しくないなんて、いったい誰がわかるのだろう。


奈緒が昏睡状態になってからの、自分の行動を僕はよく覚えていない。食事を取ったとか、眠ったとか、そういう記憶がない。僕は奈緒と一緒に、夢とうつつの間をさまよっていた。

もう、最後のお別れだった。チャイケモには奈緒のご両親はもちろん、奈緒のお兄さん家族、僕の親、姉家族、全員が集まっていた。

「奈緒、大丈夫だよ。みんないるからね。心配しないでいいよ」

先生は、昏睡状態でも耳は聞こえると言う。

僕は奈緒の手を握って、奈緒に話し続けた。

不思議と昏睡状態に入ってからの奈緒の心音は、極めて安定していた。乱れのないきれいな音だ。

チャイケモの先生も驚いていた。

「今まではずっと予想外のことが起きてきたけれど、今回も逆の意味で予想外のことが起きています。驚くほど、心音が安定しているんです。まだ奈緒さんは生きたがっています」


2月10日。

チャイケモに移ってから24時間つきっきりの看病が続いていた。

心音が安定している奈緒の状態を見て、奈緒の両親と僕の親だけを病室に残し、みんなには「先生も大丈夫と言っているので」と、夜には一旦、自宅に戻ってもらうことになった。


その日の夕方、僕はわがままを言って、病室に奈緒と息子と僕の3人だけにしてもらった。「みんな」がそういう状況をつくってくれた。

僕は息子を、奈緒の顔の横に寝かせた。僕は、僕と奈緒の息子に、「母」の記憶を残してやりたかった。

息子が泣いても、奈緒の枕元に寝かし続けた。

「奈緒、元気に泣いているよ」

わが子の泣き声を、しっかりと刻み込んでほしい。覚えていてほしい。


「なあ、奈緒。おまえは、本当はどうしてほしかった？　これでよかったんかな？　なあ、オレと結婚して幸せやったか？　楽しかったか？

勝手だったよなあ。奈緒に頼りっぱなしやった。ほんま、こんなオレでごめんな。

奈緒はよく頑張ったよ。本当に頑張った。そして、オレにこんなにかわいい宝物を。ありがとな、奈緒。

……でもごめんな。オレは、オレは、何もしてやれんかった。ごめんな、ごめん」

1時間、2時間、あれだけ泣いたのは生まれて初めてだったかもしれない。

奈緒が泣かしてくれた。生まれて初めて心から泣いた。

「ごめんな。助けてやれなくてごめんな……守るって言ったのに、ごめんな、奈緒」

ああ、僕はこんなに奈緒が好きだったのだ。

「奈緒が好きやってん」

泣き疲れた息子は、奈緒の頬に自分の頬をぴったりつけながら、小さな寝息を立てていた。

やがて、みんなが病室に戻ってきた。

すると、突然、奈緒が声を発し始めた。

うー、うー。

何かを言おうとしている。

「健さんを探しているんじゃないかしら」

奈緒のお母さんが言った。

「そうよ、健さんを探している」とみんなが言う。

確かに今までの息づかいと違う。そう思っただけなのかもしれないが……。

奈緒を見た。

奈緒の瞳から、すーっと涙がこぼれ落ちた。

眼が乾燥していたせいだと人は言うかもしれない。でも奈緒は、言葉にならない声で何かを言おうとしていた。

すーはーすーはーとは違う息づかいで、涙を流しながら語りかけている。

でも何を言っているかはわからない。

「ありがとう」と言ってくれているのか、「何でもっと早く言ってくれなかったの」って言っているのか、「息子をよろしくね」と言っているのか、それとも、最後まで「ごめんね」と言っているのか、これだけは一生答えが出ない。

「でも泣かない。泣いたら、みんな壊れちゃうから」

そう言った奈緒が、僕の前で涙を流している。

また、もう一筋、涙が流れ落ちた。

僕は、終わりがすぐそこまできていることを感じていた。

2月11日午前3時54分

チャイケモの先生は、心音の安定からいって、まだ先だと思っていたようだ。でも、何となく、奈緒の涙を見た僕は、覚悟をしていた。そして、「その時」が近いことがなぜかわかっていた。

10日の夜は、奈緒のベッドの横に、もうひとつのベッドを横付けし、奈緒、息子、僕の3人で、横になった。

僕はずっと起きているつもりだったのだが、いつのまにかうとうとしてしまったみたいだ。お互いの両親がそっとその様子をのぞくと、3人が川の字になって寝ていたとのこと。

「なんだかほっとして」

あとで、僕の親と奈緒のお母さんからこう言われた。

「いつもの幸せそうな光景で、『ああよかった』って思ったの」


突然、奈緒に呼ばれた気がした。

はっと目が覚め、時計を見る。短い針は3を指していた。夜中の3時だ。奈緒が何か言っている気がした。

「奈緒……」

僕は奈緒に声をかけた。

うー、うー。

またあの声だ。

目の前に、ベッドに横になる奈緒の顔がある。

穏やかだった。

奈緒の顔は、何とも言えず穏やかだった。

「ごめんな、奈緒。ごめんな」

また、この言葉を繰り返した。謝ってばかりやな、オレ。でも、守ってやりたかった。最後まで守ってやりたかった。守るって約束したのにな。守れんかった……。ゴメンな、奈緒。

僕は奈緒の手を握り、ずっと謝り続けた。

30分は経ったろうか。

低い声がやみ、どんどん呼吸が落ち着いてきた。静かで深い呼吸だ。

今度は、お前の番だ。

お前のママに、「さよなら」を言いなさい。

お前のママは、お前を愛しているんだ、お前を産んで幸せいっぱいなんだ。

僕は、奈緒の腕の中に、寝ている息子を抱かせた。

こんなことがあるかどうかはわからないけど、奈緒が息子に何か言うかもしれない。

将来のためにも、母子ふたりだけにしてあげたかった。

僕は静かに病室を出た。
2、3分後だったと思う。
部屋に戻ってくると同時に、別室で心電図を見守っていた先生が、病室に飛び込んで来た。

「もう、危ないです」

僕はすぐに、別室で寝ていたそれぞれの両親を起こした。

「奈緒が頑張っています。最後に、声をかけてやってもらえませんか」

10分から15分、声をかけ続けただろうか。

僕はというと、もうすでに、かける言葉が残っていなかった。心のどこかで、今日、こうなることがわかっていた。

自分の母親から、「最後に奈緒ちゃんに声をかけなさい」と言われたけれど、本当にもう言葉が残っていなかったのだ。

それよりも、僕は奈緒らしいと思っていた。最後まで周囲に気を遣ったのだ。10日になって、先生が驚くほど心音を安定させ、集まって来ていた兄や姉を家に帰したのだ。

「もう大丈夫だよ。心配しないでね」

そう言っているかのようだった。最後まで、「私よりまわりのほうが辛い」と言っていた奈緒らしいといえば奈緒らしかった。迷惑をかけたくなかったのだろう。

苦しませず、怖がらせず、痛がらせず。

僕はそのことだけを思っていた。

そして、奈緒に最後まで「希望」を持っていてほしかった。

でも、苦しみも、怖さも、痛みも、すべてを背負ってくれていたのは奈緒だった。僕が背負ってあげようとしていたものを、実は奈緒が全部背負ってくれていた。奈緒は最後まで、僕に笑顔しか向けなかったのだから。

奈緒は、僕に怖い思いをさせたくなかったし、僕に痛い思いをさせたくなかったし、僕を悩ませたくなかったし、僕に辛い思いをさせたくなかったのだ。最後の最後まで、僕は奈緒に守られていたのだ。奈緒に愛されていたのだ。

ありがとう、奈緒。

奈緒と僕の間では話が終わっていたのだと思う。僕はそれを感じていた。言葉にするのは難しいのだが、我に返ったようになっていて、冷静だった。最後に呼吸が止まってしまう怖さというものもなかった。
完全に息がなくなったあとに思った。

ああ、結局、奈緒が全部背負ってくれていたんだ、と。

2015年2月11日午前3時54分。
僕は、まだ温もりの残っている奈緒の横に、もう一度、息子を寝かせた。
パパの代わりに甘えておいで。
ママの匂いをいっぱい吸い込んでおいで。温かさを感じておいで。
パパはもう充分甘えた。充分過ぎるくらい。
さあ、最後のお別れをしておいで。

ママをお前の体に、しっかり刻みつけておいで。

最後のお別れ

チャイケモの方から、「お体を拭いてあげますか」と声がかかった。たらいにお湯を張り、タオルで体を拭いてあげるのだ。病院にお願いすることもできるし、希望すれば僕がしてあげることもできる。

奈緒はそうしてほしいだろうか。奈緒の気持ちを考え、一瞬躊躇《ちゅうちょ》したのだけれど、奈緒のお母さんが、「最後だから拭いてあげましょうよ」と言う。僕はお義母さんの気持ちを汲《く》んで、拭いてあげることにした。

奈緒は、手術の痕を、僕に見せたことがなかった。見せたくなかったのだと思う。それが正解かどうかわからないけれど、僕たちはそういう夫婦だった。とにかくまわりを辛い気持ちにさせたくなかった奈緒。僕は初めてこの時、奈緒の傷痕を見た。それは、奈緒の闘いの痕だった。

最後に帽子を外した。

家の中でも、ずっと被っていたニットのキャップだ。
髪の毛は抜けていた。
奈緒のお母さんが声を詰まらせた。お義母さんも初めて見たのだった。
おしゃれが大好きでスタイリストになった奈緒。
髪の毛がどんどん抜けていくのはどれだけ怖かっただろう。
なのに、そんなこと、誰にも一言も言わずに……。

頑張ったな、奈緒。
奈緒の体を拭いてあげながら改めて思った。
立派だったな、奈緒。
誰ひとり、悲しませたくなかったんだな。

遺影には、竹富島で写した写真を使った。
結婚式の写真とか、パーティの写真とか、写真はいろいろとあったけれど、やっぱり、「ママ」の顔を、息子を抱く、奈緒を。慈しみの笑顔の奈緒を。

2月14日。

奈緒の葬儀には多くの方々がいらしてくださった。

奈緒のことだ、照れているかもしれない。

僕は挨拶に立った。息子を抱きかかえて。

「妻・奈緒をかわいがってくださった皆さま方、そして温かいお言葉をかけていただいた皆さま方に感謝の言葉を申し上げるとともに、お詫びいたします。皆さまの大切な奈緒を力及ばず守ることができませんでした。申し訳ありませんでした。

治療がどんなに辛くても、将来にどんなに不安があっても『私よりまわりが辛い』というのが奈緒の口ぐせでした。一度も涙は見せませんでした。11日午前3時54分、最期もみんなに心配かけまいと、静かに、穏やかに……。

ただ、そんな優しい、強い妻・奈緒ではありますが、今はその奈緒に泣かせてあげたいと思っております。どうか皆さまの心の中に奈緒が現れましたら、一緒に泣いてやっていただければ幸いです。

あまりにも早すぎて、あまりにも辛い現実で、どう受け止めていいのか……。

ちょうど1週間前、奈緒は『まだまだ私はいい妻でいたい、まだまだ私はいいママでいたい』と、そう話していました。でも胸を張って、立派に、いい妻だった、いいママだったよと言ってあげたいなと思っております。

息子が誕生して3か月になります。2日前、初めて寝返りをしました。その姿を見せてやりたかった。

悔しい思いでいっぱいだったと思います。心残りもあると思います。ただピリオドとはまったく思っていません。この子の成長を、今後も奈緒とともに歩んでいきたいと思っています。

皆さまの今までの気持ちに感謝するとともに、この子の成長と、また今後の奈緒を見守っていただければと思います。

こんな僕ではありますが、すばらしい妻を持ちました。1年9か月の結婚生活、大事な大切な宝物になりました。

奈緒、ありがとう」

第5章

番組へ復帰

でも、どうだったんだろうか、実際の奈緒は。
怖かったはずだ。しんどかったはずだ。
泣き叫びたかったはずだ。
だったら一緒に、泣いて、悔しがって、
時にはわめいてあげればよかったんじゃないか。
一緒に、怖いと叫べばよかったんじゃないか。

復帰

２０１５年2月19日。

僕は、22日ぶりに、『ｔｅｎ.』のスタジオにいた。決して戻れると思っていなかった場所に。

チーフプロデューサーの坂さんや番組スタッフの声に、背中を押されるように、僕はもう一度、この席に座らせていただいた。

奈緒が座らせてくれたのかもしれない。いつも、僕の放送を楽しみにしてくれていた奈緒が、またどこかで見てくれているんじゃないか。

僕は番組の冒頭で、視聴者の皆さまに感謝の意を伝えた。今まで話すことができなかったお詫びの想いをこめて。

「こんにちは。『かんさい情報ネットｔｅｎ.』です。半月にわたり番組を休ませていただきましたが、今日から復帰いたします。闘病中だった妻の付き添い看護のため、お休みをいただきました。皆さまの温かいご理解のもと、妻を見送ることができました。心から皆さまに感謝いたします。ありがとうございました。今日からまた『ｔｅｎ．』のキャスターとして、ニュースと向き合い、しっかりとお伝えしていきたいと思います。今後もよろしくお願いいたします」

心の整理ができていたか、と言われればそうじゃない。今でも整理はついていない。奈緒は29歳だったのだ。子供を産んだばかりだったのだ。こんな人生があっていいものだろうか。悔しかった。ほんとに悔しかった。

本当は、一緒に泣いたらよかったんじゃないか。

怖いよ、と一緒に泣き叫べばよかったんじゃないか。

答えは出ないし、正解もわからない。でも、僕は一生、この想いを背負って生きていく。

「三週間ぶりに『ｔｅｎ．』のスタジオに立たせていただきました。闘病中の妻の看護という、個人的なわがままで番組をお休みいただきましたけれども、皆さまの温かいお気持ちにどれだけ勇気をいただいたか、改めて皆さまに心から感謝申し上げます。ありがとうございました。そして、同じように病気で闘っている方、ご家族の方、大勢いらっしゃると思います。そのような方々に少しでもエールを送ることができればと思っております。今後も『ｔｅｎ．』のキャスターとして、これからもニュースと真正面から向き合い、皆さまと一緒に考え、お伝えしていきたいと思います。『かんさい情報ネットｔｅｎ．』、これからもよろしくお願い致します」

正直、現実から逃げ出したい思いもあった。いや、逃げ出す寸前だったかもしれない。カメラの前では泣いちゃいけないと自分に言い聞かせ、キャスター席に座っていた。スタジオに入ればプロでいなければならない。当たり前のことだ。

でも無理だよ、この言葉が合っているかはわからないけど、こんなにも残酷な仕事だったのか……。

どんなに辛くても悲しくても、笑う時は笑う、何もなかったかのように。これまでよりも、さらに、カメラの前に立つのが怖くなった。だけど、仕事がなかったら、僕は倒れていたと思う。妻の前でずうっと座ったままだっただろう。

画面を見て、「ああ、やっぱりしんどい自分が出ているな」と思う時もあったし、妻を亡くした人間がキャスターをやっていていいものだろうかとも相当に悩んだ。「清水健の奥さんは29歳の若さで亡くなった。今、子供をひとりで育てているのかな」と同情されるような目で見られるのではないか。そうは見られたくないという思いもあったし、そんなことを思ってしまっている人間がキャスター席に座っていていいものかとも考えた。

でも、僕は今、多くの人の支えでキャスター席に座らせていただいている。

そりゃ、やっぱり、より感情移入してしまう時もある。虐待のニュースがあれば許せない。病気のニュースがあれば病が憎くて仕方がない。それを言葉にするかどうかは別にして、明らかに今までの自分とは違う自分である。でも、それでもいいのかな……。

それが「今の僕」だから。僕しかできないことがあるならば、僕だから伝えられることがあるならば。本当の意味で、人の痛みや悲しみがわかる、人の心に「寄り添える」ひとりの人間でいたい。心からそう思う。だから僕は伝え続けたい、その想いでカメラの前に立たせてもらっている。

桜を見れば、去年は奈緒と一緒に見たなと思う。誕生日、夏休み、クリスマス、お正月、ことあるごとに、去年は……、とやっぱり思う。

今は心の糸がギリギリでつながっている状態の自分に、じゃあ止まってどうするんだ、泣いてばかり過ごすのか、違うだろ、そうじゃなくて前に進むんだろうって言い聞かせ続ける時間。というか、止まったら一生、止まり続けてしまうのではないかと思う。


復帰した時、番組最後に、「同じような病気で闘っている方、ご家族の方……」と僕は口にしたが、その思いはますます強くなっている。


もう無理だよ、もう限界って思う日もある。

あまりに切なくて、あまりに重くて、思い出が大切すぎて……。

でも、奈緒の笑顔は、宝物として僕の中に残っている。

忘れちゃいけないのだ。奈緒の笑顔が、「健さんにはやることがある」と教えてくれている。僕は、奈緒から大きな宿題をもらったのだ。その宿題はあまりにも大きい。

でもそれが、奈緒が与えてくれた優しさ、なんだと思う。

僕だけじゃない。

大切な人を亡くしてしまった人は、そのあとも、闘いがずっと続くのだ。決して引きずっているというわけではないけれど、闘いは終わらない。葬儀の挨拶で、「ピリオドとはまったく思っていません」と言ったけれど、ピリオドなんてないんだと思う。

共に生きていく。

僕は「闘う」とはそういうことなんだろうと思う。目の前の現実に向き合い、背負うこと。当たり前のことが当たり前でなくなった時、悲しいし、苦しいし、悔しい。でも、大切な人が背負っていた喜びや、悲しみや、嬉しさや、苦しみや、そういうことを全部、代わりに背負ってあげる。そして、前に進む。そうしないと、心配するじゃないか……。

相談していたハイヒール・リンゴさんは、「テレビに出ている人間が、番組を休むということはどういうことかわかっているよね。一度、休んだら戻れない可能性。あんたは、キャスターとして、本当にそれでもいいんやな？」と、何度も心配し問い続けてくれていた。最後に、電話で「休むと決めました」と伝えた日、リンゴさんは局の近くの喫茶店に来て、『ｔｅｎ.』の終わる時間まで待っていてくれた。僕の話を聞いたリンゴさんは泣きながら、「わかった、今からシミケンの家行くわ」と言って、家まで来てくれた。

リンゴさんは奈緒に、「シミケンが仕事休むのは、逃げたわけじゃないからね。決してあんたたちは不幸じゃない。あんたたちは幸せなんだから。こんなかわいい子供がいて」と言って玄関を閉めた。家にいたのはわずか1分か2分だったと思う。その時、僕は番組を降板する覚悟を決めていた。

でも、復帰させていただき、また、復帰したあと、大切な人を亡くした方たちに取材する機会を何度もいただいている。その取材がご遺族を余計に悲しませることになってしまうのではないか、との思いもある。悲しみのどん底を味わう辛さは、他人がどうこう言えるものでは絶対にない。

大切な人を失うと、どうしたらいいのかわからなくて、抱え込んでしまう。閉じこもってしまう。僕がそうであるように……。その気持ちに少しでも「寄り添える」ことができるのであれば、僕は取材し、伝え続けたい。

正直、辛いこともある。

全く同じ境遇なんてない。でも、お話を聞くと、やっぱり、妻のことを思い出す。奈緒もそうだったなとか、なんぼでも思い出す。思い出したくないことも。

それでも僕が話をお聞きし、一緒に涙を流すことで、少しでも前を向いていただけるならば……。

「可哀想なこと」を伝えるんじゃない。立ち止まっても、振り返っても、そんな中、必死に前を向こうとしていることを伝えたい。僕自身が前を向けないでいるからこそ……その画面から、本当に何でもいい、何かを感じ取ってもらえればと思っている。

それが今の僕にできること、やらなくてはならないこと、妻からの宿題だと思っている。

奈緒の後押し

こうしてキャスターとして戻って来られたのも、もしかしたら奈緒の意志が働いているのかもしれない。

2月になって、休みを取った時、戻れるとは思っていなかった。

チーフプロデューサーの坂さんは、

「この休みが1か月になるか、3か月になるか、半年になるか、1年になるか、それは誰にもわからない。だから、全力で奈緒さんを守れ。そして、寄り添い、ご家族を守れ。それが今のお前がする仕事だ。番組は俺たちが守っておくから」

本当にありがたかった。こんなたいしたキャスターでもない僕に。

でも、そう言ってもらったものの、キャスターが何か月も休むなんてあり得ない。視聴者に対しても失礼だろう。実際、僕だけが苦しんでいるんじゃない。同じように病と闘っている方々、またそのご家族、そして、介護……。苦しんでいる人たちはたくさんいらっしゃる。休みたくても仕事を休めない人もいるだろう。でも僕は休みをもらえた。甘えではあるが、ありがたかった。

ただ、それがスタッフの迷惑になることも、視聴者に対して失礼に当たることも重々承知していた。だから「戻ってこい」「待っている」、そう声をかけていただいたことに感謝するとともに、番組を降板する覚悟でいた。


ところが奈緒は、僕が仕事を休んでから10日目に逝ってしまった。あまりにも早すぎる死だった。1か月になるか、3か月になるか、半年になるか……と考えていたのに、1か月もたたないうちに……。どこまで僕は奈緒に守られているのだろうか。


そして、こんな僕を待ってくださっていた視聴者の方々が……。本当に多くの方から、フェイスブックやツイッター、お手紙で温かいお言葉をいただいた。そしてスタッフのみんな。僕は幸せ者だ。きっと、僕が仕事を休んだことを悲しんでいた奈緒が、そのことで自分のことを「疫病神」だと責めた奈緒が、僕の背中を押してくれたのだ。

僕はもう一度、チャンスをもらった。

それには全身全霊で応えなければ、と思う。

きっと奈緒がいてもそう言うだろう。

「健さんなら頑張れるよ」って。

携帯電話が怖い

仕事に復帰したものの、携帯電話を見るのは今でも怖い。
様々な検査結果、よくない報《しら》せ。そうしたものはすべて、僕の携帯電話にかかってくることになっていた。よい報せがかかってくることはない。そんなことは、奈緒の闘病生活にありえなかった。

また熱が上がったんじゃないか。
容体が急変したんじゃないか。
それとも……。
でも見ないわけにいかない。
奈緒を守ると誓ったやないか。

ぎりぎりだった。

いつ倒れてもおかしくなかったと思う。僕は奈緒を守りたかった。助けたかった。救いたかった。たとえ1秒でも長く一緒にいたかった。

奈緒に涙は見せられないからと——結局、何度も見せてしまったけれど——僕はひとりになると、堪《たま》らず泣いた。

今思うと、奈緒もきっと、ひとりで泣いていたはずだ。

でも、奈緒は「泣いたら自分が壊れてしまう」と僕には話す。壊れてしまうのは奈緒じゃない、僕だった。


奈緒は清水健という小さな男を守ってくれていた。


「ほんま大丈夫？」

僕は何度も奈緒に声をかけた。

大丈夫に見えているなら、大丈夫？とは聞かない。明らかにそうじゃないから聞いているのに、奈緒の答えはいつも決まっていた。

「うん。大丈夫」

人に迷惑をかけない。かけたくない。

それが奈緒の生き方だった。一番近くにいる夫には、なおさら迷惑をかけたくない。重荷に思われたくない。

だから泣かない。

だから弱音を吐かない。

奈緒がそういう生き方だから、一緒に泣くことはなかった。これが僕ら夫婦の「カタチ」だった。

でも、どうだったんだろうか、実際の奈緒は。怖かったはずだ。しんどかったはずだ。泣き叫びたかったはずだ。

だったら一緒に、泣いて、悔しがって、時にはわめいてあげればよかったんじゃないか。一緒に、怖いと叫べばよかったんじゃないか。

もし、闘病している方が近くにいらっしゃるならば、僕は、

「一緒に泣いてあげてください」

いや、

「一緒に泣いてもいいんですよ」と伝えたい。

もちろん、「夫婦のカタチ」「家族のカタチ」は様々です。でも、そのひとつに、「一緒に泣く」という選択肢があってもいいと思うんです。どこかで「死」というものについて話し合うという「カタチ」があってもいいと思うんです。僕にはできなかったけど……。

そして、どうか、気持ちを共有してあげてください。

見つからない「正解」

妻が乳がんであるとわかった時、僕たちは、「3人で生きていく」と決めた。「3人で生きる選択」をした。

その決断は、間違っていなかった。息子の顔を見るたびに、そう思う。でも、これが一般的に正解か、と問われると、それはわからない。人それぞれにいろんな考えがあり、その考え、想い、どれもが正解なんだと思う。だって、この世で一番大切な人と、とことん話し合い、その人を思いやり、絞り出した答えなのだから。

たったひとつの正解なんてない。

どうなんだろ、いつか答えが出るのかな……。でも僕はずっと問い続けていく。愛する妻とのわが子を守るために。そして妻の「想い」のために……。

乳がんをはじめ、様々な「病」で苦しんでいる方、ご家族の方、もしかしたら「正解は何だろう」と悩んだり迷ったりしているかもしれません。僕もそうだったし、今でもそうだから。もっとしてあげられることがあったのではないかと、後悔は尽きません。

今、振り返って思います。
「寄り添う」、この言葉の本当の意味とは何なのかを。

悩み、苦しみ、悲しみ、不安、喜び。本人が一番、辛い。じゃあまわりは何ができるのか。「一緒」に悩み、苦しみ、悲しみ、喜び、笑い、泣く……。そして、「一緒」に未来を信じ、共に「今」を生きる。

今現在、「命」と向き合い、昼夜を問わず患者さんに寄り添い続けていらっしゃる医療従事者の方々、どうかこれからも、患者さん、ご家族のお力に……。

今現在、「病」と向き合い闘っていらっしゃる方々、ご家族の方々、あえて、「頑張ってください」と、言わせてください。

今現在、目の前にある「困難」と向き合っていらっしゃる方々、あえて、「一緒に、頑張りましょう」と、言わせてください。

決してひとりではありません……。

僕らの選択は、僕らにとっては「正解」だった、誰に何と言われようとも。そして、こういう「夫婦の選択」があった、ということをひとつの参考にしていただければと、切に願います。

あとがき

こんな若造に……。

若一《わかいち》光司さん、妻の転移を知らせると楽屋で声を出して一緒に泣いてくれました。野村修也弁護士、数々の相談にのってもらい、人目もはばからず涙を流してくれました。「大丈夫か」と、いつも明るく振る舞ってくれた円広志さん。奈緒のために、奈緒の好きな『ピアノトボク』を歌ってくれたアルケミストのふたり。奥野史子さん、多くの病院を紹介してくれ、「私たちがいるから」と涙を流し励ましてくれました。「奈緒が乳がんになった」と電話したら、その日に「免疫を高める効果があるらしいぞ」と資料を持ち、車を飛ばして家まで来てくれた赤星（憲広）。「何も知らなくてゴメン。俺はシミケンを待っている」とメールをくれた、ますだおかだ・増田さん。メッセンジャー・あいはらさん、息子のこれからの病院や保育園事情などを奥様と一緒に調べてくれました。「子供で困ったらいつでも言いや」と石田靖さんご夫婦。息子の1歳の誕生日に「奈緒さんも喜んでくれるかな」とプレゼントをくれた朴一さん。奈緒を娘のように可愛がってくれ、「奈緒さんとのことを多くの方に届けてくれるのを待っている」と声をかけてくださった山田美保子さん。おおたわ史絵先生、時には厳しく、でも的確にアドバイスをくださいました。

田崎史郎さん、手嶋龍一さん、岸博幸さん、住田裕子弁護士、竹田圭吾さん、西田ひかるさん、西村和彦さん、有馬晴海さん……。

「シミケン、これからやで。パパなんやから」とソッと背中を押してくれるハイヒール・モモコさん。「奈緒ちゃんは頑張った。そして、シミケンも本当に頑張った」と抱きしめてくれたハイヒール・リンゴさん。

「大丈夫か、何かあったら言ってくれ」と、優しい温かい言葉で、奈緒が亡くなったことを知ってすぐに電話をしてきてくれたコブクロ・黒田（俊介）。

「私にはわかる。奈緒さんはそばにいるよ」と語りかけてくれた上沼恵美子さん。

「立派だった」と肩をポンと叩いてくれた辛坊治郎さん。

その他にも本当にたくさんの方々が……。

お世話になっていたにもかかわらず事情を話せなかったタレントさん、スタッフのみんな、会社の上司、後輩。この場をお借りしてお詫びするとともに心から感謝致します。休むことを了承してくれたチーフプロデューサーの坂さん。休んでいる間、毎日の僕からの報告メールはたまらなく辛かったと思います。そして、妻が亡くなったことを早朝にもかかわらず電話すると、その電話口で、「奈緒さん、頑張ったな。清水、待っているからな」と、涙声で力づけてくれました。

そして、何よりも、テレビを通し、応援していただいている皆さまに……、心から、心から感謝申し上げます。

ひとりじゃない。

「想い」は生き続けます、必ず。その「想い」とともに前に……。

清水　健

お義父さん、お義母さん、僕は「幸せもの」だからね。親から言われました。「なんで健が奈緒ちゃんと結婚したのか、奈緒ちゃんがいない今、よくわかる」って……。奈緒と「一緒に」なれてほんとによかった……。ほんとだよ。だから、これからもずっと「家族」でいてください。

そして、親に「ありがとう」、照れくさくてちゃんと言ってこなかったこんな俺だけど、俺ひとりでは正直、無理だった……。一緒に向き合ってくれて「ありがとう」。まだまだ心配かけるけど、これからもよろしくね。

そして、姉家族、奈緒のお兄さん家族、みんなでいっぱい泣きました。その涙、全部が僕の支えでした。みんながいてくれたから、奈緒がいて、愛するわが子がいて……。「家族」の本当の意味を今、わかった気がします。

みんなに「ありがとう」、心から……、奈緒のぶんまで……。

奈緒、俺、素直に「ありがとう」が言える……。

奈緒が大切にしてきたもの必ず守ります。ありがとう。

健

謝意

「産婦人科・西川医院」、西川院長はじめ皆さま
「クリフム夫律子マタニティクリニック」、夫院長、中村師長はじめ皆さま
「ＪＣＨＯ大阪病院」、木村綾医師、大井香医師はじめ皆さま
「加藤乳腺クリニック」、加藤医師はじめ皆さま
「チャイルド・ケモ・ハウス」、楠木医師はじめ皆さま

「大阪大学医学部附属病院」
「足立病院」、畑山院長はじめ皆さま
「日本医療政策機構」、宮田俊男医師

教恩寺　釈妙華住職

奈緒へ

元気ですか。

こっちは、多くの方に力を借りながら、何とかやってます。

そうそう、言っとかないと。俺たちの息子は悪いよー（笑）。やんちゃで甘えん坊で。どっちに似たんかなぁ。もう、目が離せません。最近はね、手をつないでお外も一緒に歩けるようになりました。すごいよね、日に日に成長しています。

見てくれているよね？

ほんと言うとね、やっぱり奈緒とその成長を喜びたかった。ハイハイして、立っちをして、ヨチヨチ歩き、バイバイしたり、名前を呼んだら「はい」と満面の笑みで手を挙げます……。一緒に喜びたかった。

奈緒に見せたかったな。ママならなんて言うかな。

ごめん、こんなこと言うと、また心配かけちゃうよね。うん、大丈夫だから。みんながいる。俺、ひとりじゃないから。だから安心してください。

改めて何か言うのは恥ずかしいけど、1年9か月という結婚生活、ほんとにありがとね。家には写真がいっぱいあります。奈緒の優しい、温かい表情。奈緒との大切な宝物、「ふたりの子」が大きくなったら、奈緒のこと、ママのこと、いっぱい教えてあげます。絶対に伝わるよ、奈緒の気持ち。だって、どの写真も最高の笑顔だから。

どれも、です。

病院のベッドにいる時だって、奈緒は笑ってる。抗がん剤の副作用で口の中に数え切れないほどの口内炎ができている時だって。俺がしんどくて、下を向いている時だって、奈緒は笑っているんです。竹富島の旅行の時もそうだったよな。今ならわかる気がする。もうすでに、すべてがしんどかったんだろうなって……。でもあの時の奈緒の笑顔は素敵です。ほんまに、最高に素敵です。

奈緒はいつも笑っていた。

「過去形」がたまらなく嫌だけど、悲しい時も、辛い時も、苦しい時も、笑っているんです。いつも、いつも、「まわりの人」のために笑っているんです。

いっぱい話すからね。俺たちふたりの子に、ママの強さと優しさを。
自分の妻のことをこんなにほめたらダメだよね。奈緒の苦笑いが目に浮かびます。
でもね、これは自慢なんだ。ほんと胸を張って自慢できます。
だから、お前のママは、どんなに素敵だったかをいっぱい話します。

写真の前で、これが「ママ」で、これが「パパ」と教えています。わかってるんかな、不思議なんだけど、どんだけ泣いてても、写真の前ではパタッと泣き止むんだよ。
そして、「あ〜、あ〜」って。

やっぱり、悲しいよ、寂しいよ。
でもね、絶対に前に進んでいくから。
これ以上、奈緒に心配かけられない。

俺は大丈夫。大丈夫じゃないけど大丈夫。みんなが助けてくれる。これも奈緒のおかげです。


だからさ、ひとつだけお願い。

俺たちの愛するわが子に、語りかけてあげてください。成長を見守ってやって。奈緒の息子を守ってやってください。

そんなこと、俺が言わなくてもわかってるよね、ごめん。


うーん、あかんな。やっぱり涙が出ます。情けない……。

ダメだダメだ、俺は「夫」であり、「父」である。

こんな姿、息子に見せちゃダメだよね。

大丈夫。

俺は強さと優しさを、奈緒に教わりました。笑顔の素晴らしさを学びました。

奈緒は言ったよね、

「病気になったのが健さんでなくて、私でよかった」と。

強いよ、優しいよ、なんで、こんなことが言えたのだろうか。

奈緒、できるかな、俺。

「大丈夫。健さんなら、きっとできますよ」って、奈緒ならそう言うんだろうな。

悔しいな……、やっぱり涙が出てきます。

隣で言ってほしいよ。ソッと腕を組んでほしいよ。

ほんまに悔しい。俺は、守られへんかった。なんでやねん、ほんまに。でもね、元気なわが子が弾《はじ》けんばかりの笑顔で甘えてきます。絶対に息子に寂しい思いはさせないから。絶対に……。みんなも助けてくれる。

ほんと、みんなに感謝だよね。

奈緒、よく言ってたもんな。

「みんなにありがとう」「私は大丈夫」って。

涙の意味を変えていくから。
流れる時間を、しっかり刻めるようにするから。

まわりにたくさんの温かい人がいて、いろんな助けをもらっています。
心から、みんなにありがとう。奈緒のぶんまで伝えていくから。
でもね、正直、たったひとりの温もりがほしい。声が聞きたい。

ごめん、また心配かけてる。

ひとつの約束ね。
ずっとずっと息子のそばにいてあげてください。
俺は大丈夫だから。

奈緒、奈緒と生きてきたから俺はいる。
安心して。
奈緒とふたりで守ってきたものを、これからは俺が守るから。

うーん、やっぱり、声が聞きたいし、温もりがほしい。悲しみにどっぷりとはまってしまう日もある。でも、前を向く。向けなくても、なんとか前を向くから。

やることいっぱいあるよ。やらなあかんことがいっぱいある。

奈緒は、ほんといろんな宿題を出してくれた。

大変だよ、この宿題。

でもね、ずっと問い続けていくから、答えなんか出なくても……。

やっぱり、今でも、こんなにも悲しいことがあるんやって思う。

「想い」はあるってわかってる。でも、会いたくて、会いたくて、たまらない。まだ信じたくない。愛する「ふたりの子」の1歳の誕生日。情けないけど、俺は泣いてばかりいた。そしたらね、「今日は奈緒ちゃんが頑張った日、だから笑って過ごさないといけないよ」って言ってくれる人がいた。そうなんだよね。うん、わかってるんだよ、頭では。でもね……アカんなこんなんじゃ……。

悲しいけど、
こんなにも人が温かいことも知りました。
こんなこと言うのはイヤです。今でも、そばにいてほしいから。
でも、ほんまに「頑張った」な、奈緒。
最後に、奈緒は「ママ」です。唯一の、最高のママです。
必ず俺たちふたりの子を守ってみせます。その手を絶対に離さない。
ありがとな、奈緒。
ほんま、ありがとう。

これからも「3人」で生きていくパパより

奈緒はいつも笑顔だった

堺市役所 本庁

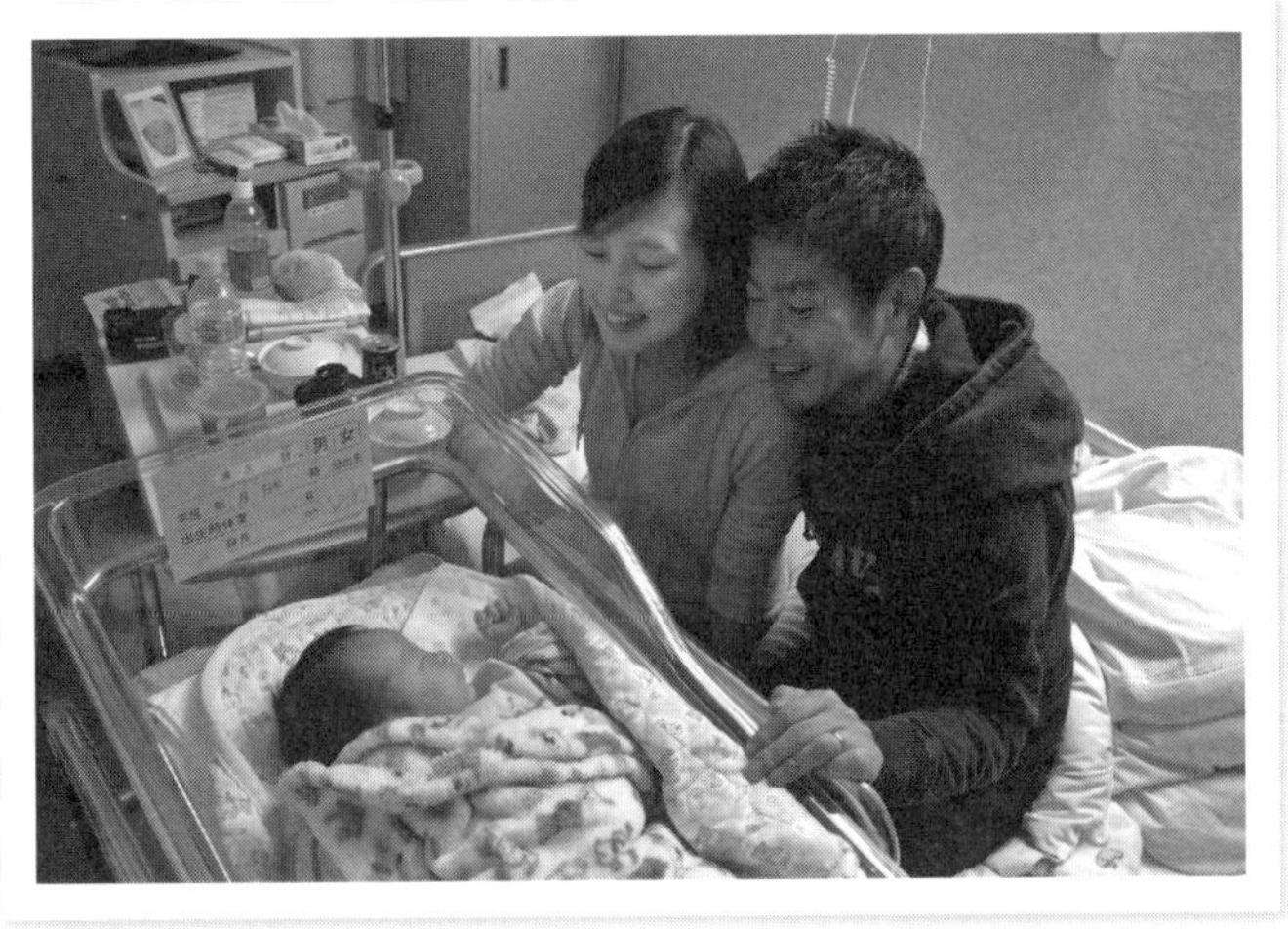

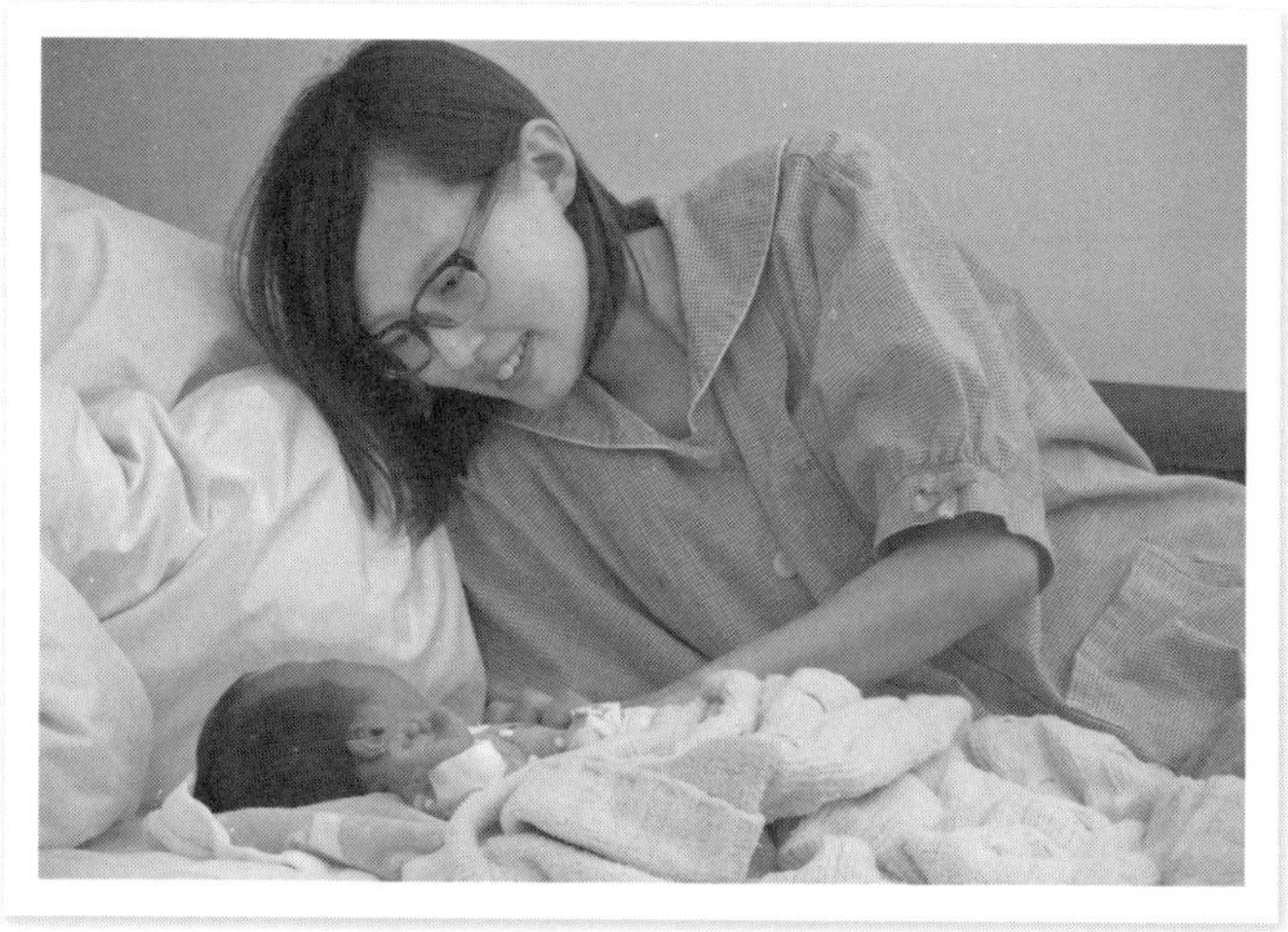

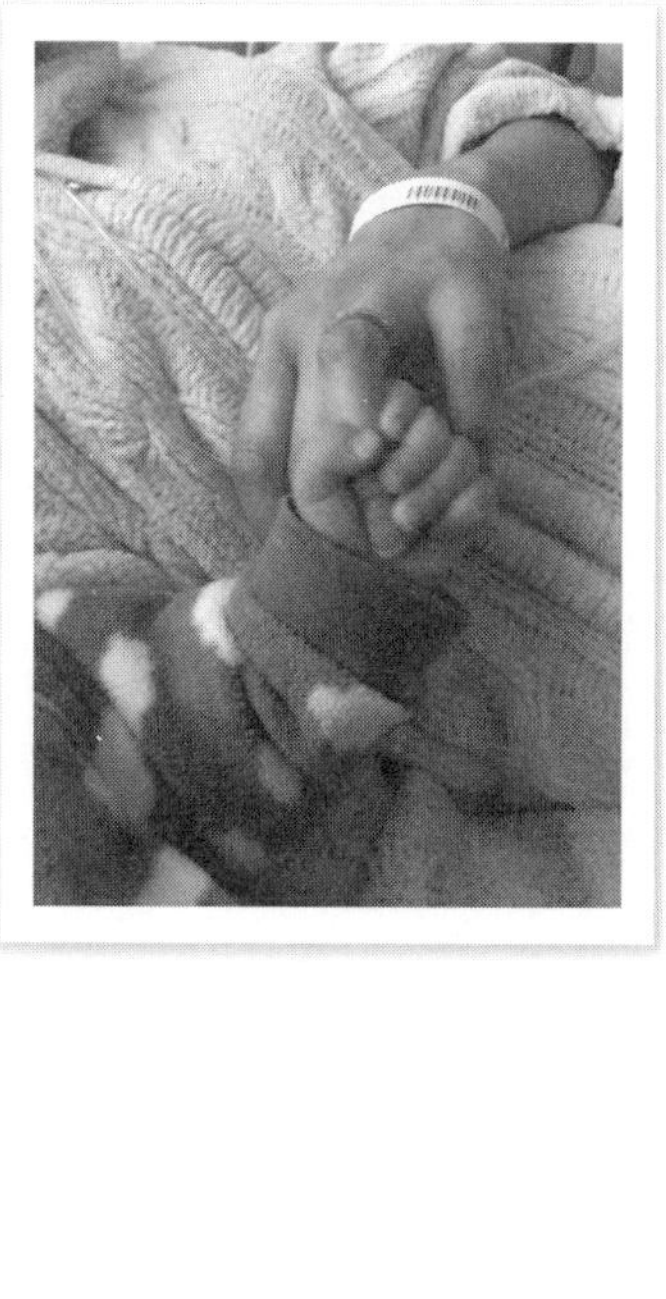

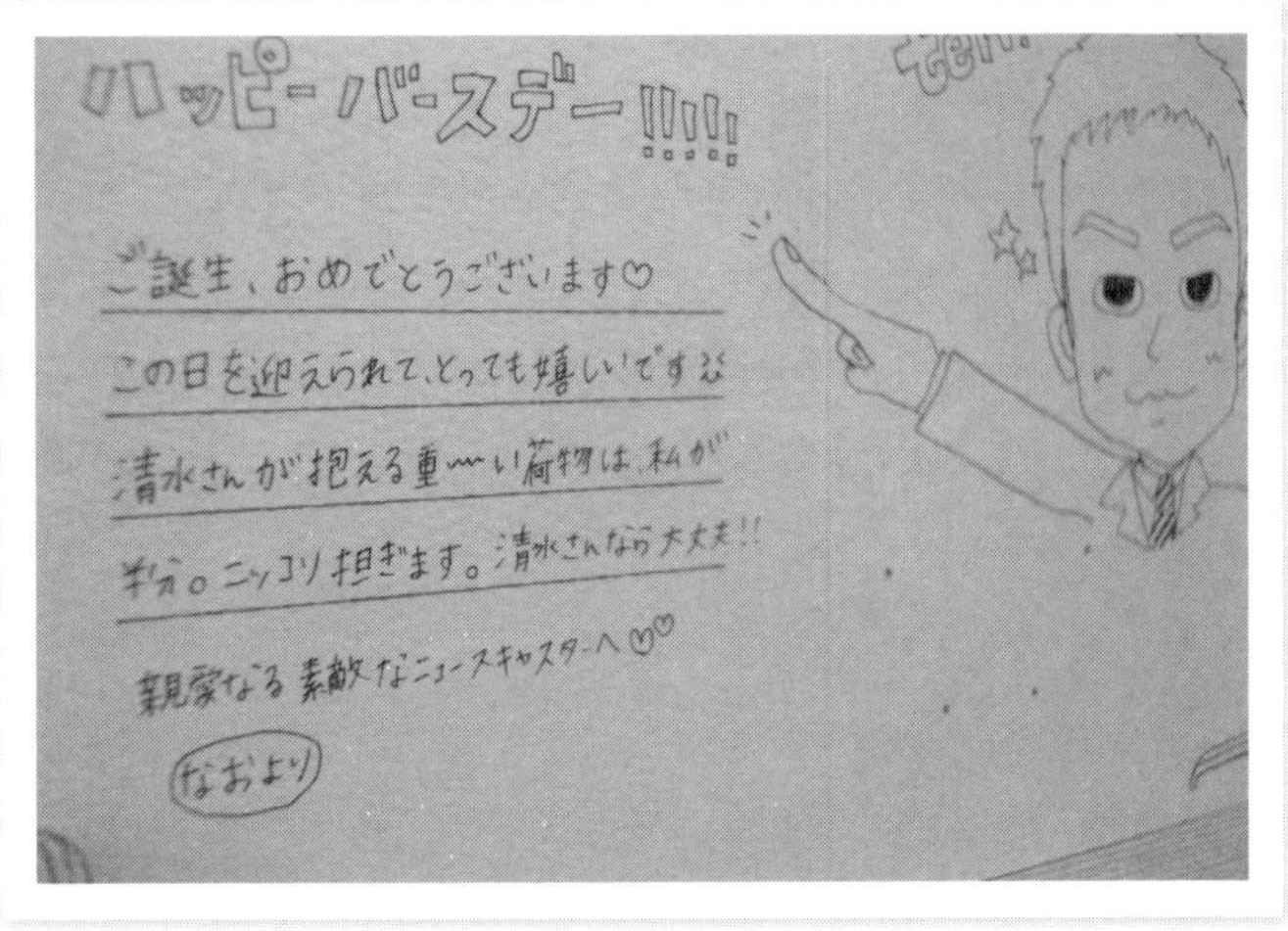
ハッピーバースデー!!!!!
ご誕生、おめでとうございます♡
この日を迎えられて、とっても嬉しいです
清水さんが抱える重〜い荷物は、私が
半分。ニッコリ担ぎます。清水さんなら大丈夫!!
親愛なる素敵なニュースキャスターへ♡♡
なおより

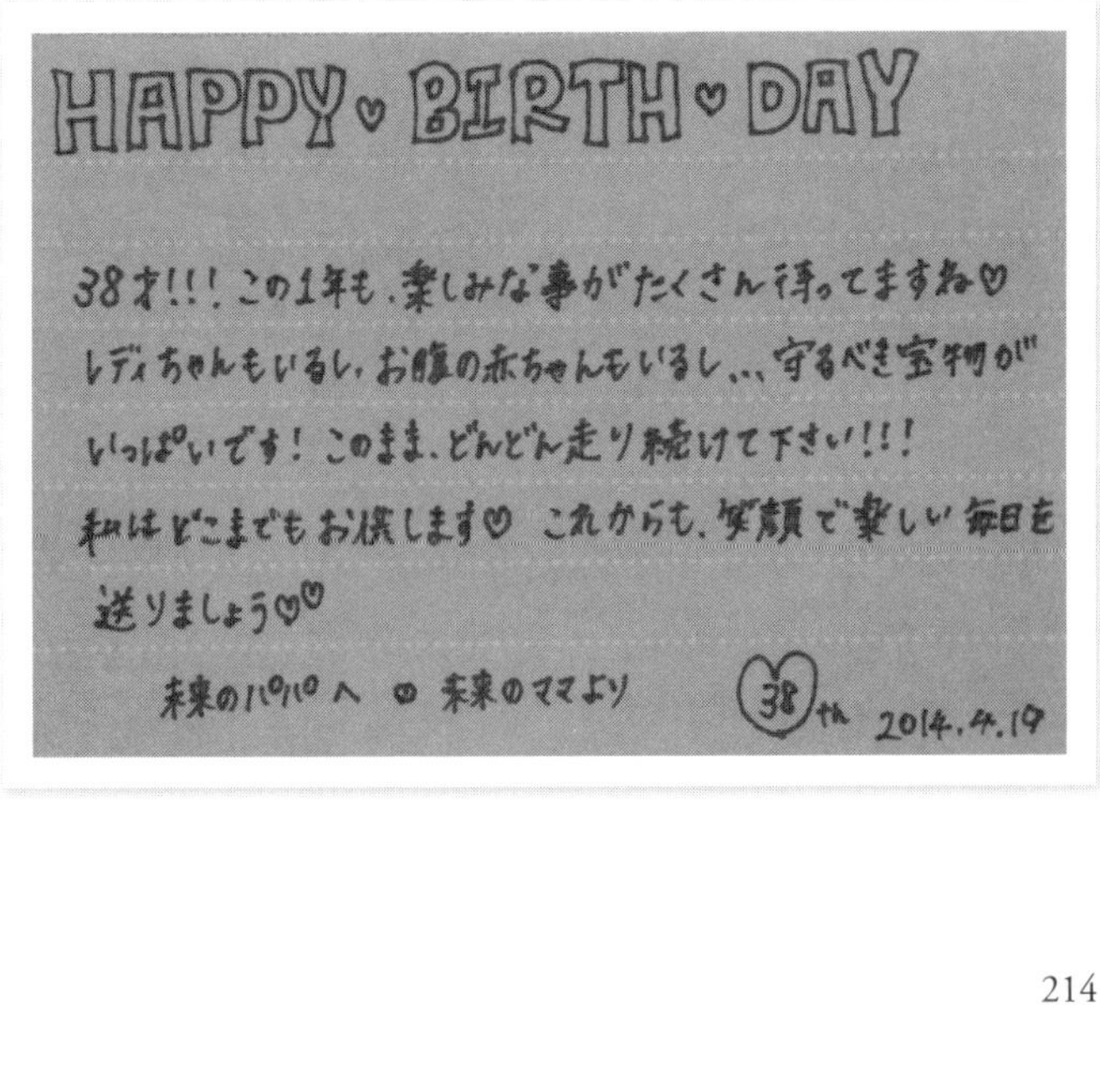
HAPPY♡BIRTH♡DAY
38才!!!、この1年も、楽しみな事がたくさん待ってますね♡
レディちゃんもいるし、お腹の赤ちゃんもいるし…、守るべき宝物が
いっぱいです! このまま、どんどん走り続けて下さい!!!
私はどこまでもお供します♡ これからも、笑顔で楽しい毎日を
送りましょう♡♡
未来のパパへ ♡ 未来のママより
38th 2014.4.19

清水健
@shimizukendesu

右手にベビーカー、左手に愛犬。

ドラマ「◯◯妻」「残念な夫」を見て、急いで笑。

「残念な夫」を妻と一緒に見ていると、笑う箇所が若干違ってビビったりしてます笑。

では明日も『ten.』。午後4時47分にお会いしましょう!!

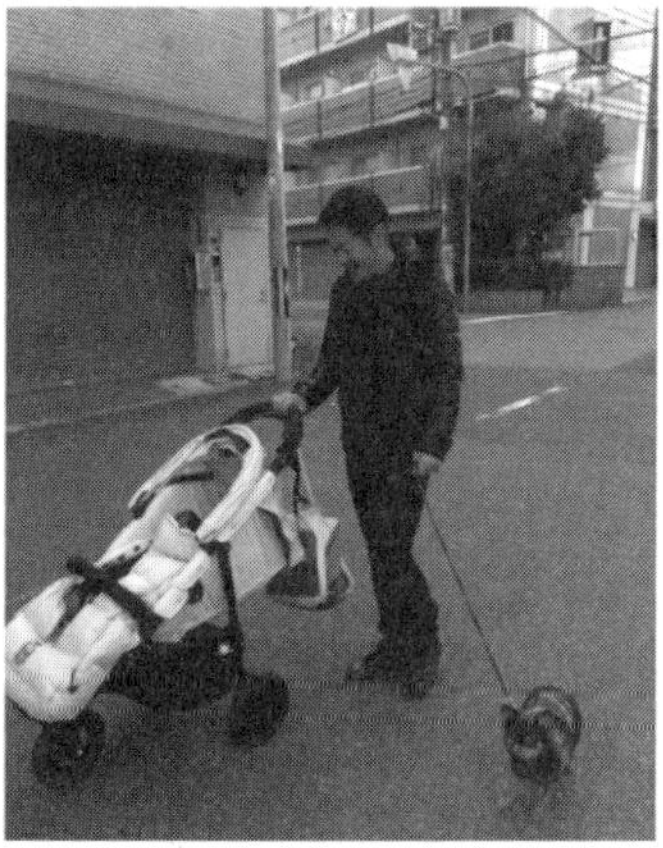

2015/01/26 23:42

清水健
@shimizukendesu

ちゃんとパパしてます笑。
お風呂も入ってスッキリ！

夜は長めに寝てくれるので助かります。

って、なんの話？
イクメン風を装いです笑。

妻が見たら「嘘つけ〜」って笑。

でも、この瞬間、
オムツを替えてるのは確かであります！

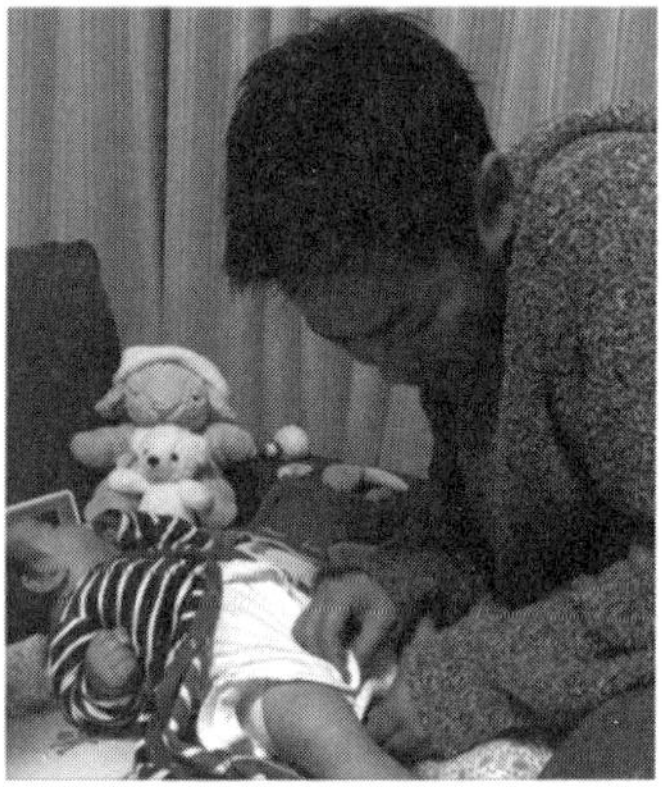

2015/01/19 22:33

清水健
@shimizukendesu

そんな5回目の月命日。

今日は初めて、息子のベビースイミングに行きました。お声をかけていただいた方々、ありがとうございます。

一歩ずつ、ゆっくりかもしれませんが、

必ず前に進んでいきます。

ありがとうございます。

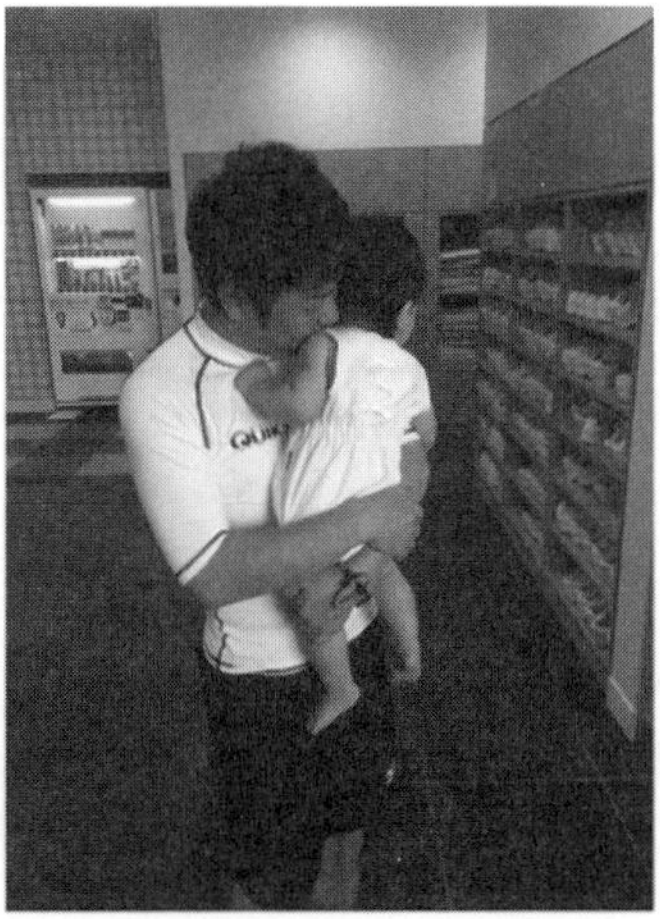

2015/07/11 17:11

清水健
@shimizukendesu

離乳食→お風呂→ミルク→うたた寝。

よしよし良い感じ！なのに、なぜか、その後に目がパッチリ。

それから、抱っこして1時間。

よくぞ粘った我が息子よ（笑）。

「ありがとう」ですね。

ではまた明日の『ten.』で！

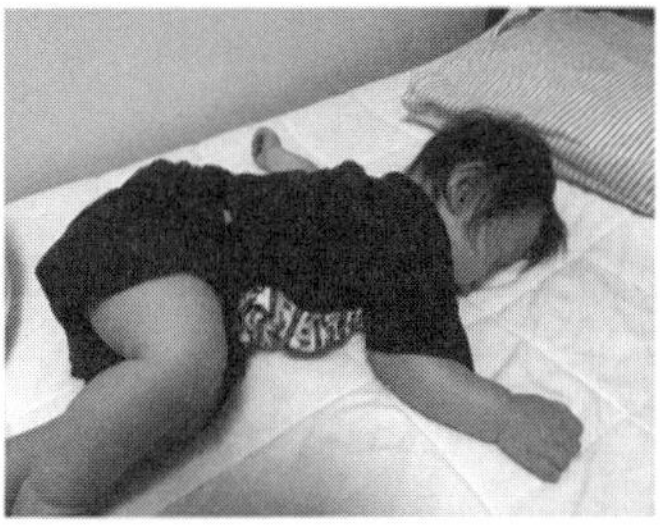

2015/06/09 23:10

清水健・奈緒 夫婦の絆

クリフム夫律子マタニティクリニック臨床胎児医学研究所 院長　夫《ぶう》律子《りつこ》

清水夫妻が初めてクリフムにやってきたのは、平成26年4月9日、まだ妊娠11週（3か月）のことだった。健ちゃんとはそれまでに番組で面識はあったが、奈緒ちゃんとは初対面だった。自然に出てくる優しい微笑み、夫をたてる昔ながらの日本女性という印象だった。お腹の赤ちゃんを超音波画像で見て素直に喜ぶ夫婦、このふたりに運命の時がやってくるとはその時、思いもしなかった。

乳房にしこりがあると連絡があり、またやってきたのはそれから間もなくのことだった。その後の急展開で、産むか産まないかの選択をせまられることになったふたり。奈緒ちゃんの顔からは「産みたい」という気持ちしか汲み取れなかった。奈緒ちゃんの「体」と「心」を思いやる健ちゃんの複雑な心境は尋常なものではなかったと思うが、奈緒ちゃんはそんな健ちゃんを静かに微笑みながら見ていた。私の心配は、産まない選択を採った場合に、奈緒ちゃんが自責の念でつぶれてしまわないかということだった。夫婦の「産む」という最終決断を聞いた時、私は夫婦でふたりの「絆」を守ったのだとホッとしたのを覚えている。

妊娠期間中、手術や薬剤の影響などを心配して数回胎児ドックを訪れたふたりだったが、そんな心配をよそに赤ちゃんはすくすく育っていった。治療しながらの苦しい妊娠生活であったはずだったがまったく苦しそうな顔も見せず、とてもにこやかに赤ちゃんの超音波画像に見入っていた。悲壮感のない、いつもと同じ笑顔の奈緒ちゃんに私は不思議な強さを感じるようになっていった。その裏では、健ちゃんの男泣きをどう受け止めてあげればいいかと悩んだ日々だった。

赤ちゃんの誕生後、ちょうど大阪マラソンの日にお見舞いに行ったときも、自分の痛みよりも、マラソン完走後の夫が足腰の痛みに耐えて息子をあやす姿を見て楽しそうに微笑んでいた。その後も痛々しいほどの治療やその副作用の間、何度お見舞いに行ってもいつもの微笑み、メッセージにも前向きな言葉と感謝の言葉、疲れた夫を気遣う言葉ばかり……なんという強靭な精神と無限の優しさの持ち主なのだろうか。

一方、健ちゃんはとことんまで奈緒ちゃんの命をつなぐために奔走した。何日かごとに健ちゃんからくるメッセージにはその日の検査結果、考察と今後の方針について詳細に綴られており、奈緒ちゃんには見せることのない、男として夫として父としての意地があふれていた。どんなことをしても、何があっても奈緒ちゃんの命を守り抜きたい一心だった。徹底的に治療法や緩和について知識をむさぼり、現実の奈緒ちゃんと正面から向き合う一途な姿には脱帽だった。

亡くなる41日前の元旦、健ちゃんから「今年のテーマは突き進むです」と、そして奈緒ちゃんからは「家族3人で突き進んでいきます!!」と写真入りで明るいメッセージが届いた。こんな素晴らしい夫婦にはきっと奇跡が起こると信じたかった。

亡くなる3日前、海外出張中の私と健ちゃんとのやりとりの中に、奈緒ちゃんの指をしっかり握る小さい手の写真があった。健ちゃんは冷静を保とうと必死だった。最後に奈緒ちゃんが初めて見せた苦しむ姿を見せたくない、「ぷぅ先生の中にいるのはずっといつもの奈緒であってほしい」と、健ちゃんが初めて私の見舞いを拒んだ。しかし、どうしても奈緒ちゃんに会いたかった。帰国し空港から直接奈緒ちゃんの元へ向かったが、そこにいたのは想像とは違い、とても綺麗な顔の奈緒ちゃんだった。その時、奈緒ちゃんから大切なメッセージを受け取った気がした。

あの微笑みの裏には壮大な強さと凄まじいほどの執念があったと私は確信している。すべてをわかって受容し、自分の苦しみより夫の苦しみを少しでも和らげることが演技ではなく本能的にできる女性だったのだ。29歳にしてこんな女性がいるだろうか。

そして、病気が発覚した妻に対し、仕事に逃げることなく正面から向き合い寄り添いぶつかっていく、裏で大泣きしてもしっかりと前を見据え、すべてのことをいい加減にせず、論理的思考と人間的感情をとことんまで両立させ、それを素でやってのける、こんなにカッコイイ男がいるだろうか。

私は、このふたりから言葉では言い表せないほどの強さと優しさを学んだ。そしてこの素晴らしい両親の「絆」は永遠に受け継がれていくと信じている。

清水 健（しみず・けん）

１９７６年大阪府堺市生まれ。大阪府立泉陽高校、中央大学文学部社会学科卒。

２００１年讀賣テレビに入社。『あさパラ！』『どっちの料理ショー』などの情報バラエティー番組を担当し、２００９年からは夕方の報道番組『かんさい情報ネットｔｅｎ．（通称『ｔｅｎ．』）を担当、現在、メインキャスターをつとめる。

２０１３年５月に、スタイリストだった奈緒さんと結婚。２０１４年長男が誕生。

２０１３年から３年連続で大阪マラソンに出場。「シミケン」の愛称で親しまれている。

112日間のママ
2016年 2月13日　初版第1刷発行
2016年 2月27日　　　第3刷発行

著　者　清水　健
発行者　森　万紀子
発行所　株式会社　小学館
〒101-8001　東京都千代田区一ツ橋2-3-1
電話 編集 03-3230-9764　販売 03-5281-3555

印刷所　大日本印刷株式会社
製本所　株式会社若林製本工場

ISBN978-4-09-388464-8

制作／田伏優治
販売／中山智子
宣伝／井本一郎　編集／新田由紀子